転生難民少女は0から市民権を目指して働きます！

3

鳥助 Torisuke

illust. nyanya

TOブックス

CONTENTS

第五章　旅立ち

tensei nanmin syojo ha
shiminken wo ZERO karamezashite
hatarakimasu!

Illust. nyanya
Design AFTERGLOW

Character

リル・冒険者

難民脱却を目指して、
毎日がんばってお仕事中！

ロイ・少年冒険者

リルと一緒にモンスター退治に
挑戦するよ！

カルー・孤児院の少女

リルのお友だちで、
町の道具屋さんで働いているよ！

ギルドの受付のお姉さん

リルにクエストを紹介してくれたり、
わからないことは教えてくれるよ！

第五章

旅立ち

tensei nanmin syojo ha
shiminken wo ZERO karamezashite
hatarakimasu!

57　見失った目標

領主さまが依頼した難民集落周辺の魔物を掃討するクエストを完了した次の日は集落のお手伝い、訓練、一時の休暇に一日をかけた。その次の日、決意を胸に秘めて冒険者ギルドへと向かう。

朝一番の時間帯だから、冒険者は数えるほどしかいない。その代わりに難民たちが列になって並んでいる。

私も列に並び、後ろに並んだ難民と会話をしながら時間が経つのを待つ。しばらく会話をしていると前が空く、順番が来た。

受付のお姉さんに言われる前に冒険者証を差し出す。

「おはようございます」

「おはようございます。今日はどういった用件ですか？」

ちょっと、ドキドキしてきた。よし、言うぞ。

「あの、領主さまの依頼したクエストとかありますか？」

「領主さま、ですか？」

「はい！　領主さまの依頼を完璧にこなして、少しでも領主さまのお役に立ちたいんです！　どんなクエストでも構いません、何かありませんか？」

よし、言えたぞ。ちょっと力み過ぎて、お姉さんが呆気に取られてしまったけど大丈夫かな。

お姉さんは初めは固まっていたけど「少々お待ちください」と言って机にあった大量の紙を確認し始めた。どんな仕事でもいい、どんなに小さな仕事でもいい何か見つかれー。

両手を組んで願う。その間にお姉さんは紙を次々とめくってクエストを確認してくれる。しばらくすると、お姉さんの手が止まった。来たかな？

「リル様」

「はい！」

「申し訳ございませんが、領主さまの出されるクエストはこちらにはありません」

え、嘘。

「えーっとですね、領主さまはコーバスという町に住んでおりますので、離れた町であるここにクエストを出すことは稀ですね」

え、領主さまってここの町に住んでいるんじゃないの？

「あの、ここの町を治めているんじゃないんですか？」

「この町は領主さまに関係のあるお方が代官として治めている町ですね。この町も領主さまの領地ですが、住んでいるのはコーバスという町です」

「そ、そうなんですか」

まさか、領主さまが違う町に住んでいるとは思いもしなかった。そっか、この町を治めているのは領主さまの関係者だったんだね。

「リル様は先日クエストを受けたのが領主さまのクエストでしたね。その関係で希望されたのですか？」

「はい……難民の私たちのために力添えしてくださった領主さまのために何かできることはないかと思って」

「そうなのですね。それでしたら、領主さまのいるコーバスに行ってみるのはどうでしょう？」

私が……コーバスに？

「あちらの事情は分かりませんが、もしかしたら領主さまのクエストが出されているかもしれませんよ。この町で待っているよりは、行動してみたらいかがでしょう」

「……そういう手もありますね」

「はい。それで、今日はクエストを紹介しますか？」

「……いえ、今日は討伐に行ってきます。お話を聞いてくれてありがとうございます」

「気をつけて行ってきてくださいね」

お姉さんにお礼を言って受付を離れた。あ、今日の仕事は討伐に変わったから、昼食買ってから北側の森に行かないと。

私は肩を落としながら冒険者ギルドを後にした。

◇

領主さまの話はショックだ。私はてっきりこの町に住んでいるものだと思っていたから、受付のお姉さんの話が衝撃的だった。

代表者の話を聞いて、自分がどれだけ守られていたのかを知って、領主さまのために何かしたいと強く思った。それは私の中に芽生えた新しい目標。

今まではただ難民脱却のために頑張ってきたんだけど、それだけじゃない目標ができたことが嬉しい。でも、その目標がすぐに消えた感じだよ。

こんな難民のために知恵を絞り、町の外でも生活できるように手間をかけてくれて、難民脱却への道を用意してくれた。本当に全て領主さまのお陰だったんだなって強く思う。

何か恩返しがしたい、私ができることはなんだろう。少しでも難民が少なくなるようにみんなで頑張ること？　働いていない人たちの面倒を見て、働くように誘導すること？

考えれば色々できることがある。でも、それだといつもと変わらない。もやもやとした焦燥感にかられるけど、それ以外の手立てが見つからなかった。

私みたいな難民が領主さまのために何かをやること自体が恐れ多いことなのかもしれない。でも、ただ与えられたものを享受するのは嫌だと思った。だって、真実を知ってしまったから。

だったら、コーバスに行く？　領主さまが住んでいると言われている町に移って冒険者稼業をして、領主さまのクエストを完璧にこなして恩返しをする？

それを考えた時、考えが止まってしまった。まるでそれ以上考えたくない、と本能が言っているみたいだ。

だって、コーバスに行くってことはこの地を離れることだよね。時間をかけて慣れ親しんだ場所を離れて、新しい町で真っ白な状態から生きる。

それが自分にできるのか、その先を考えようとすると強い不安が生まれて思考が上手く働かない。

そう、私はこの町から離れたくないと思っていた。

ここまできて、難民から脱却するのに躊躇《ちゅうちょ》してしまっている現実を見て複雑な思いになる。もっとすんなり受け入れて、喜んで難民脱却をするものだと思っていた。

もし、この町で難民から脱却できたらそれはそれで嬉しいのかな。そのことを考えるが、思ったよりも喜びは湧かなかった。

難民脱却は念願だったはずだ。町の中で家に住み、隙間風のない部屋の柔らかいベッドの上で眠る。そのことを考えるとやる気は溢れてくる、だけど難民脱却のことを考えるとそのやる気も萎《しぼ》んでしまう。

なんだろうこの気持ち。何が私にそうさせたんだろう。難民脱却が嫌だって心のどこかで思っているけど、その理由はなんだ。

難民脱却で私が失うものは……そうだ、集落から出てしまうんだ。私はみんなと協力し合っている今の環境から抜け出すことが怖いんだ。

ここまで築き上げてきた大切な場所から離れるのが嫌だ、怖い。新しいところでも今のようにやっていけるのか自信がない。

集落の環境は決して良くないけど、それを補えるような人たちと一緒に居られるのが私の心の支えだ。頼る親のいない私が拠り所にしているのが、集落に住むみんななんだよ。

あれ、そしたら今まで私はなんで頑張ってきたんだろう。難民脱却のために頑張ってきたのに、今となっては難民脱却すら怖いと思ってしまっている。

だったら、ずっと集落に住む？　じゃあ、なんのためにお金を貯めているの？　なんのために、自分を鍛えているの？

全部、難民を脱却して一人でも暮らしていくためじゃない。そのために頑張っていたのに、それを全部否定するわけ？　今までの私を否定しちゃうの？

分からない、分からないよ。私はどうしたい？　どうなっていきたい？　本当にこのままでいることが、私にとっての幸せなの？

……幸せって何？　難民を脱却すること？　それとも気を許したみんなと暮らすこと？　ちゃんと目標を決めたはずなのに、どうして今になって見失うの？

私の目標は難民脱却をして町に住むことだったはずなのに、どうしてこんな風に――。

「あっ」

目の前の光景を見て我に返った。毎日のように来ていた北側の森だ。

「……討伐しないと」

頭を左右に振って考えていたことを消した。頭の中が真っ白になるまで振ると、先ほどまで戸惑っていた心が消える。

仕事の時間だ、余計なことは今は考えない。深呼吸をして心を無にすると、森の中へと足を踏み入れる。考えるのはエイプとの戦いのことだけだ。

私は現実から逃げるように森へと入った。

58　木こりの護衛

私の中でぽっかりと空いた穴、それを塞ぐことができずに日々が過ぎていった。日々が過ぎていっても仕事は受けないといけない。

依頼にあった木こりの護衛というクエストを受けることにした。東の森の端まで護衛をして、伐採している時に襲い掛かってくる魔物を倒す仕事だ。

お姉さんに紹介状を書いてもらい、早速町の中にある木工所というところにやってきた。そこには大きな庭があり、様々な材木が並べられていた。

外では数人の男性たちが材木を加工しているところで、地面には木くずがいっぱい落ちていた。忙しそうにしているところを話しかけてもいいのか悩んでいると、一人の男性と目が合う。

その男性は仲間に一言を告げるとこちらに近寄ってきた。

「ん、どうしたんだ？」

「お仕事中すいません。冒険者ギルドから護衛のクエストを受けにやってきた者です。これが紹介状です」

「護衛？　お前みたいなちっさい奴で大丈夫か？　まぁ、紹介状があるんなら親父に話を通してやる。ちょっと待ってろ」

紹介状を渡すとその男性は元の位置に戻っていった。その傍にいた年配の男性に紙を渡すと、その男性がこちらを向く。鋭い目で見られているような気がするんだけど、大丈夫だよね。

するると、その年配の男性がこちらに近づいてきた。顔が怖いから緊張するな。

「お前が東の森まで護衛してくれる冒険者か」

「はい、リルといいます」

「一応確認するが、この紹介状に書かれてあることに偽りはないんだな」

「誓ってありません」

紹介状には今までの討伐に関係していることが書かれている。どんな魔物を討伐したか、一日でどれだけの魔物を討伐したか、ひと月でどれだけの魔物を討伐したか。

などなど、依頼先の人にどんな経験を持つ冒険者が来たのか知らせるための紹介状。それを読んでから依頼をお願いするかしないか決めることができるので、依頼者にとっても冒険者にとってもお互いのことを知れるいいシステムだ。

「そうか、意外とタフなんだな。よし、お前を信じて護衛をお願いすることにしよう」

「ありがとうございます！」

「今、用意するからちょっと待ってろ」

深くお辞儀をして感謝をした。年配の男性はその場を離れると、他の男性に話しかける。すると、他の男性は散り散りになってその場を離れていった。

私は敷地の中で立ちっぱなしで待っている。クエスト承諾してくれて良かった。まだ子供の自分に護衛されるのも不安なのに、信頼してくれることが嬉しい。

あの棟梁《とうりょう》の期待に応えないとね、絶対木こりの邪魔はさせないよ。

やる気を漲らせていると、棟梁が数名の男性を引きつれて近づいてきた。その男性たちは大きな荷車を引いてきたけど、木を運ぶためだろうか？

「待たせたな。今回の依頼は木こりの護衛だ。木を切っている時、木を運んでいる時に襲い掛かってくる魔物の相手をしてもらいたい」

「分かりました。はじめまして、今回護衛を担当させていただきますリルと言います。若輩者ですが、精一杯努めさせていただきます。みなさんの安全は私が守ります」

棟梁の話に頷き、胸を張って男性たちに自己紹介をして深くお辞儀をした。初めはちょっと不安げな顔をしていた男性たちだったが、棟梁が紹介状を男性たちに見せる。

「これを見てみろ。東の森じゃ大暴れだったらしいぞ」

「うわっ、なんだこの数字」

「こんなちっさい子が？　信じられん」

「頼もしいやら、怖いやら」

紹介状を見て明らかに顔色を変えた男性たち。まぁ、あの時はすごい数を討伐していたから、数だけはすごいものになっているんだよね。これで少しは信用してくれたかな？

「護衛は初めてらしいが、魔物討伐に関しては頼れる。お前たちもぐずぐずして自分たちの作業を遅らせるんじゃねーぞ！」

棟梁の話に男性たちは「おうとも！」と掛け声を上げて一致団結する。それから私たちは東の森に向かうために町の門を目指した。

◇

町の大通りを進み、門を抜けた。それからまっすぐに東の森へと向かっていく。道を進んでいくと、東の森の前にある平原にやってきた。

私は棟梁に近寄って、早速仕事の話をする。

「ここにはFランクの魔物がいます。先行して安全を確保していきますね」

「あぁ、頼む。以前、無視していたら足に攻撃を食らったことがあってな。仕事に支障が出たことがあるんだ」

「魔物は魔物ですからね、どれだけ弱くても討伐したほうがいいですね」

魔物の横を知らずに通り過ぎて、攻撃を食らうことはあるだろう。どれだけ弱い魔物とは言えど、魔物には変わらない。仕事を万事進めていくためには怪我一つさせたくはない。

「ちなみに木を切る場所とか決まっているんですか？」

「東の森の北側に専用の場所があるんだ。そこまでの道を頼めるか？」

「分かりました。それまでの道の魔物は討伐していきますね」

私は団体から離れて先に草原に入る。その場にしゃがみ込むと、耳に手を当てて、耳にだけ身体強化をかける。聴力が上がり、周りの小さな音が鮮明に聞こえてきた。

スライムが二体、スネークが一体、ホーンラビットが一体いる。身体強化を切り、音の聞こえた方向へ駆け足で進んでいく。

するとスライムがいたので、剣を抜いて一突きで仕留める。スライムの体がドロリと溶けると、核を回収して袋に入れておく。

また駆け足で移動して、今度は地面に這っているスネークを見つけた。剣先に雷の魔法を纏《まと》わせて、スネークを叩く。するとバチンッと雷が弾けた音がして、感電したスネークは動かなくなった。

スネークの体を回収した後に駆け足で移動して、今度はスライムを見つける。一突きすれば、スライムの体は溶けた。残った核を回収して、あたりを見渡す。

草むらに白い物体を見つけた、ホーンラビットだ。駆け足で近寄るとホーンラビットはこちらに気が付き、真っすぐに向かってくる。

すぐに手をかざして、小さな火球を作る。火球をホーンラビットに向けて放つと、顔面が燃えた。ホーンラビットは走るのを止めて、その場でジタバタと暴れ回る。そこを剣で一突きすれば、ホーンラビットは動かなくなった。

動かなくなったホーンラビットをマジックバッグに入れると、棟梁たちを確認する。安全に草原に入ってきているところだった。

あとは通り道付近の魔物を討伐していけばいい。草原を少し進んだところで、またしゃがみ込んで身体強化で聴力を強化する。また魔物の音が聞こえた。

駆け足でその場所へと進み、Ｆランクの魔物を討伐していく。狩り慣れた魔物の討伐だから、危なげなく討伐は進んでいった。

◇

東の森の北側までの道を護衛しながら進む。護衛といっても先行して魔物を討伐し、後に続く木こりたちの道を確保しているだけ。

できる限り丁寧に魔物を討伐したお陰か、木こりたちに魔物が向かうことはなかった。木こりたちも魔物と遭遇して立ち止まることなく進んでいるので、道中は順調に進んでいったと思う。

周りに注意しながら東の森を北側に回り込んで歩いてく。すると大きな屋根の下に木が積み重なって置かれている場所に辿り着いた。この場所でいいのかな？

後ろを振り返ると木こりたちはこの場所を目指しているように見えた。しばらく待ってみると、この材木置き場まで近づいてくる。どうやらここで間違いないようだ。

木こりたちは荷車に乗せた道具を降ろしたりして、伐採の準備を始めていた。あ、私も仕事をしないと。

材木置き場から森までは百メートルくらい離れている。木こりたちの準備が終わる前に、近くの魔物を討伐しておきたい。

棟梁に近づいて、今後の予定を話し始める。

「すいません。これから森に行って、近くにいる魔物を討伐していきたいと思っています。私が帰ってくるまで伐採は待っていてくれませんか？」

「それは構わんが、あまり遅くなるのは困るぞ」

「時間がかからないようにします。もし、本当に遅かったら先に伐採を始めてもいいですよ」

「そうか、分かった。そのようにさせてもらうぞ」

そうだよね、待つのは良いけど遅くなるのはダメだよね。棟梁の提案を受けつつも、自分の提案も受けてもらった。

私は森へと向かった。急がないといけないから身体強化を使っての移動だ、久々の素早い動きに肌に当たる風が気持ちよく感じる。

森の中へと入り、少し奥へと進む。ある程度進んだら立ち止まって、聴力を強化する。その場で回転しながら三百六十度の音を拾う。

……聞こえた。ゴブリンとドルウルフがいる。

まだ森に入ったばかりだけど、Ｅランクの魔物がいる。まだ森の入り口付近だけどＦランクの魔物の気配がない。森に入る場所も違えば、いる魔物も違うってことかな。

居場所を確認すると、身体強化をしたまま走っていく。今回は討伐速度を重視するため、強襲しながら魔物を倒すことにしよう。

物音を立てながら進んでいくと、ゴブリンの姿が見えた、三体だ。ゴブリンたちは物音に気づき周囲を見渡している。その隙に一体のゴブリンに向かって強襲を仕掛けた。

「はぁっ！」

「ギャーッ」

背中からバッサリと切りかかった。ゴブリンはその衝撃に耐えきれずに地面に叩きつけられる。すぐに剣を返して、もう一体のゴブリンを下から切り上げた。

「グギャーッ」

「ギャギャッ」

残りは一体。その一体に視線を向けると、こん棒を振り上げてこちらに襲い掛かってきた。避けられない、こん棒の速度に合わせて剣で叩き切る。

「グギャッ」

こん棒を弾いた。こん棒を持った手が頭の上まで弾き出されると、ゴブリンは無防備になる。また剣を返して上からバッサリと切りかかった。

「ギャーッ」

胸元を切られたゴブリンは膝から崩れ落ちて、地面の上に転がった。それを見届けると、すぐに腰からナイフを手にする。倒れたゴブリンの右耳を三つ切り取ると、腰ベルトにぶら下げたままだった袋に入れる。

ナイフをしまってすぐにその場を去り、ドルウルフがいた方向を目指す。森を走り慣れたもので、木々の間を縫うように走ることができてロスが少ない。

あっという間に二体のドルウルフを視界に捉えた。ドルウルフはこちらに気づいていて、体勢を整える。だが、遅い。

素早くドルウルフの前に飛び出ると、頭に向かって剣を振り下ろす。ドルウルフは反撃ができないまま、一瞬で絶命した。

「ガウッ」

残りの一体が襲い掛かってきた。口を大きく開けて、脛《すね》にかじりついた。革のブーツ越しから感じる牙の存在、だがその牙が肌に届くことはなかった。

脛を強く噛まれてはいるが、圧迫感があるだけで痛くはない。それでもドルウルフは噛み千切ろうと頭を左右に振っていた。

これは絶好のチャンスだ。剣先をドルウルフの頭に向けると、力の限り突き刺す。するとドルウルフから力が抜けて、自然と口が開き地面に倒れた。

ナイフを取り右耳を切り取り、袋に入れる。とりあえず、これで捜索で見つけた魔物は倒した。念のため、もう一度捜索をしよう。

耳に手を当てて、身体強化で聴力を強化する。その場で回転をして周囲の音を聞くと、まだ魔物がいた。今度はゴブリンだけだ。

おおよその方向と距離を頭の中で計算すると、身体強化をかけたまま走り出す。今回は時間との勝負なので出し惜しみはしない。

◇

あれから三回の戦闘を終えて、材木置き場に戻ってきた。久しぶりの戦闘だったけど、ミスすることなく討伐ができたと思う。まぁ、倒し慣れたEランクの魔物だったお陰だけどね。

棟梁たちの様子を窺うと、まだ待っていてくれていた。良かった、間に合ったみたいだ。

「お待たせしました。周囲の魔物は討伐してきました」

「思ったよりも早かったな」

「これが討伐した魔物の証明です」

棟梁に話しかけて袋を開けて確認をしてもらう。棟梁さんは中身を確認すると、小さく頷く。

「結構いたんだな。これだけ倒してもらえれば、しばらくは大丈夫そうだ。おまえら、仕事の時間だ、行くぞ！」

棟梁の声に男性たちは威勢のいい声を上げた。道具を持って森に向かっていく。

私もその後を追っていった。周囲の魔物を倒したといっても、離れたところにいた魔物が近づいてくる可能性もある。護衛クエストはまだまだこれからだ。

男たちが伐採する木を選び、早速斧を使って木を切り始めた。コン、コンという大きな音が響き渡って、近くに魔物がいれば音に気付きすぐに襲い掛かってきそうだ。

先ほど魔物を倒したのでそんなことはないが、もしかしたら見つけられなかっただけでいる可能性はある。木こりたちを守るように森の中を警戒しながら歩いた。

身体強化を使って聴力を強化したかったけど、木を切っている音が煩すぎて魔物の音を聞いてもかき消されそうだ。こういう時の索敵って難しいよね。

今回は魔物を警戒しなくてはいけないので、身体強化を使えないのが残念だ。でも、これは仕事なのでただ待つなんてことはしない。木こりたちを守るように森の中を歩いてずっと警戒を続けた。

「木が倒れるぞー」

そんな声が聞こえてきたしばらく後に、木が地面に倒れる大きな音が聞こえた。あんなに煩かった森の中が急に静かになる。

今だったら聴力強化が使えるんじゃない？　早速身体強化で聴力を強化して、周囲の音を探る。集中して聞いていると、ポポの声が聞こえてきた。ポポって大きな音に近づいてくるような気がする。

こちら側に来ないように急いでポポのところへと向かう。走っていくとポポの声が鮮明に聞こえてきた。視線を上げてみると二体のポポが喧嘩をしているところに出くわす。

物音も立てているんだけど、ポポはお互いを威嚇するのに夢中でこちらには気づかない。お尻を高く突き上げて左右に振っているだけ。

こんな隙だらけのポポも珍しいな。遠慮なくポポの頭を交互に刎《は》ねて、戦闘は終了した。

ポポの頭を袋へ、体をマジックバッグに入れる。そして、聴力強化をして周囲の音を聞く。集中して聞いていると、またポポの声が聞こえてきた。こちらは声の数が多い。

大きな音に近寄ってきたポポが鉢合わせしてしまったんだろうな。なんだか、喧嘩の仲裁をしているみたいだ。

こんなことを思っていても仕方ないか。声が聞こえる方向へ向かっていった。

◇

「木が倒れるぞー！」

三度目の声が聞こえた。その声が聞こえたしばらく後にドシンッと木が倒れる音が響き渡った。

先ほどまで木を切る音で煩かった森が途端に静かになる。

魔物が近寄って来てないか確認をしないと。聴力強化で森の中の音を拾う。その場でゆっくりと回転しながら音を拾っていくと、自然の音ではない声を拾った。

ドルウルフだ。一度目と二度目はポポだけだったが、三度目になると離れた位置からでも魔物はやってくるらしい。真っすぐこちらに向かっているようだ。

ドルウルフが向かってくる音を聞いて居場所を計算すると、その場所へ向かう。剣を構えてドルウルフが来る方向に歩いていくと、前方から足音が聞こえてきた。

「ガウッ⁉」

「ウゥッ」

「ガウッ！」

三体のドルウルフが現れた。私の姿を見てビックリしたみたいだけど、すぐに警戒の姿勢をとった。

Eランクの魔物には戦い慣れたけど、三体相手はちょっと忙しくなりそうだ。ドルウルフに向けて手をかざして、すぐに火球を作り真っすぐに放った。

「ギャンッ」

火球がドルウルフに直撃する。火が燃え移ったドルウルフはその場で転げ回った。残りの二体はそれを見て驚きつつも、すぐに私に向かって駆け出してくる。

剣を構えて待っていると、一体のドルウルフが飛び掛かってきた。一直線で読みやすい軌道のため、横にずれることで簡単にその攻撃を避けられる。

「ガウッ」

低姿勢で駆け出してきたドルウルフが足首を噛んだ。牙を立てて噛みつくが、丈夫な革のブーツでは歯が通らない。速攻で頭を潰して、一体を仕留めることができた。

先ほど飛び掛かってきたドルウルフを見る、頭を下げてこちらを睨んできていた。だが、目が合うとすぐに真っすぐに駆け出してくる。

剣を構えて待つと、また飛び掛かってきた。だから、また簡単に避けてみる。だが、今回はちょっと違う。すれ違いざまに剣で切りつけてみた。

剣先はドルウルフの横側を長く切り裂き、傷を負わせることに成功した。ドルウルフはその傷のせいで着地ができず、地面の上に転がる。

でも、まだ絶命していない。振り返り、急いでドルウルフに駆け寄る。ドルウルフは立ち上がれないのか地面の上でもがいていた。そこを剣で一突きする。

これで残りは一体。火球にやられたドルウルフを見ると、立ち上がっているがブルブルと震えていた。

なので、駆け寄り剣を振るった。頭を切りつけると、ドルウルフは短い悲鳴の後に地面に倒れた。

これで戦闘が終了したので、再度聴力強化をしてみる。うん、音は聞こえない。

ドルウルフの右耳をナイフで全て切り取ると袋に入れる。短い時間だったけど、結構な数の魔物を討伐することができた。これもしっかりと報酬に入るので、抜け目なく討伐証明を取っていった。

「そろそろ、戻って様子を見てみるかな」

木が倒れた方向に駆け足で進む。何本倒すか聞いていないけど、もう木を切る音が聞こえていない。となれば、もう終わってしまっているかもしれない。

すぐに森を抜けると、男性たちは倒れた木に集まり何かをしている。少し離れた位置でボーっと見ていると、棟梁が近づいてきた。

「リル、討伐は一段落したのか？」

「はい。近づいてくる魔物は倒せたと思います。あとは潜んでいないことを祈るだけです」

「そうなのか。魔物が襲ってこないことは初めてだったから驚いた。いつもは、数体の魔物がこちらまで来るんだが」

良かった、近づいてくる魔物は全てこちらで処理できたようだ。

「お陰で早く木を切り倒せた、はじめは厳しい目で見てすまなかったな。リルは立派な冒険者だ」

「いえ、お役に立てたなら十分です。こちらこそ、子供なのに信用してくださって嬉しかったです」

自分の仕事が褒められて、本当に嬉しい！　嬉しくて顔がニヤケそうになるけど、精一杯凛々しい顔をしてみた。えへへ、ダメだニヤケそうになる。

「今は何をやっているんですか？」

「今は余分な枝を切っている最中だ。これが終われば、一度材木置き場まで置きに行く。それから、以前切った木を荷車に積んで町まで運び出すんだ」

切り倒した木をすぐに持って行かないのは、何か理由があるのかな。私には分からないけど、何か理由があるなら聞くのは余計だよね。

男性たちの作業は続き、枝がいっぱいついていた木が一本の真っすぐな木に姿を変えた。できたての木を材木置き場まで運び終えると、棟梁が話しかけてくる。

「すまないが、また魔物討伐をお願いできないか？」

「いいですよ。どこに行けばいいんですか？」

「あそこだ」

指さした方向を見ると、材木置き場？

「木と木の間にスライムやスネークが入り込んでいることが多くてな。うかつに動かそうとすると、あいつらが手を攻撃してくるんだ」

「なるほど、そんなこともあるんですね」

「だから木を動かす前に退治してほしいんだ」

「分かりました。ちょっと探ってきますね」

材木置き場まで歩いて近づいていく。さて、どうやって隙間に入り込んだ魔物を討伐していこうか。隙間に剣を差し込んで、雷の魔法を発動するのはどうだろうか？

接触すれば電気の衝撃でビックリして出てくるかもしれないし、不快な電気の刺激で出てくるかもしれない。よし、それでやってみよう。ダメだったら別の方法を探せばいいよね。

材木置き場に着くと、剣を抜く。抜いた剣を木と木の間に差し込んで、魔力を高める。手に集中させると、雷の魔法に変換した。すると、刀身が雷をまとい、バチバチと雷が弾けた音がする。

それからゆっくりと剣を移動させていく。始めは何も反応がなかった。ダメかなって思った時、通り過ぎたところからスネークがゆっくりと這い出てきたのを見つける。

すぐに剣の平らなところで頭を叩くと、スネークは感電して動かなくなった。再び剣を隙間に差し入れて、移動していく。

しばらく歩いていると、また通り過ぎた後に今度はスライムが這い出てきた。すかさず核目がけて剣で一突きする、木を傷付けないように気を付けながら。

核をやられたスライムはドロリと溶けて、木を伝って地面に広がった。このやり方はあたりだったらしい、雷を維持したまま隙間に入り込んだ魔物を外に追いやっていく。

その作業をずっと続けていくと、まだまだスネークやスライムが出てきた。その度に退治をしていき、木の周囲の安全を確保する。

二往復くらいして、魔物が出てこなくなったことを確認する。それからスネークの本体とスライムの核を回収して棟梁に話しかける。

「どうでしょう、もう出てこなくなったので安全かと思いますが」

「あぁ、結構いるもんだな、ビックリしたよ。よし、お前ら今日は安全に作業できそうだぞ。とっとと木を荷車に縛り付けて町に戻るぞ！」

棟梁の掛け声と共に男性たちが動き出して、木を運び出した。みんな動きがスムーズで、安心して作業してもらえてなんだか嬉しくなってしまう。

「今回の伐採は安全に早く終わらせることができた。もし、良ければ今度指名しても問題ないか？」

「指名ですか？　い、いいんですか？　私なんかまだ子供で……」

「子供でも立派な冒険者だ。それに楽に仕事をさせてくれる冒険者を逃したくないしな」

「……ありがとうございます！　是非受けさせてください！」

まさか、まさか指名を受けられるなんて思ってもみなかったよ！　それって、私の仕事が認められたことだよね。初めての護衛で不安だったけど、頑張って良かったな。

まだまだ冒険者になりたての初心者だと思っていたけど、ちょっとは冒険者として胸を張ってもいいのかな。うん、これからも頑張ってクエストをしていこう！

59　見習い錬金術師の護衛

「あのリル様、また護衛のクエストを受けてみませんか？」

木こりの護衛を終えた後、討伐証明の報酬を受け取りに冒険者ギルドに寄る。その時、受付のお姉さんがちょっと困ったような顔をしてクエストを薦めてきた。

「護衛のクエストですか？　どういった内容になりますか？」

「見習い錬金術師三名を東の森へ連れて行き、採取中の護衛をする内容です」

東の森で三名の護衛クエストか。ちょっと難しそうだな。

「他の冒険者が受けてくださったのですが、顔合わせの時にちょっと揉め事になりまして、破談になったんです。二回も」

「二回も、ですか。理由を聞いてもいいですか？」

「はい、なんでも依頼者様がいうには冒険者の顔が怖い、体格が怖いと言って断られたんです」

えっ、何その理由。冒険者に怖い人がいるのは当然だよね。

「今度紹介する人は怖くない人がいい、という話になりまして。それでしたら、東の森で活躍していたリル様が一番の適任かと思いまして」

「ロイさんも怖くない人だと思うのですが」

「依頼者様が言うにはできれば女性の方がいいとおっしゃって。まずは、リル様に話を通してから、と考えまして」

切実な視線を向けられて、断れる気がしない。流されてはダメだ、真剣に考えないと。

今回は本格的な護衛になりそうだ。対象者が森の中を自由に歩いて、それを魔物の脅威から守ることが第一の任務になる。

一度に三人の身に注意を払いながら、魔物の脅威に晒された時に三人とも無事守れるかが不安だ。まだまだ経験の浅い自分には荷が重い、でも脅威が少ない東の森で経験を積んでおいたほうがいいのかもしれない。

で、問題は依頼者の方だ。ただ単に怖い冒険者が嫌なだけなのか、違う理由もあって断っているのか正直に言って分からない。でも、そんなにはっきりと断れるのなら、私を見た後に嫌なら断ってくるかもしれない。

一度会ってみない事にはなんとも言えないな。うーん、私じゃダメな時はちゃんと言ってくれるよね。

「分かりました、受けてみます。ただ依頼者には護衛経験の少ない冒険者だっていうことを伝えてもらいたいのですが」

「ありがとうございます。こちらから伝えておきますね。では、早速なのですが、明日の朝にこちらに来ていただけませんか？」

「明日の朝にもう会えるんですか？」

「はい、急いでいるらしくて、今日見つかっても見つからなくても明日の朝にもう一度お越しになるという話でしたので」

「そうですか、では明日の朝にこちらに来てみます」

「クエストを受けてくださりありがとうございました。リル様だったら大丈夫ですよ」

まさか、こんなに早く会えるなんて思ってもみなかった。まぁ、何事も早いにこしたことはないよね。

お姉さんにお礼を言いカウンターから離れた。明日は一体どんな人が来るんだろう。

◇

翌日、朝の配給を食べた私は後片付けをした後、ゆっくりと町に向かった。あんまり早く来すぎても、依頼者がいないかもしれないからね。と言っても、いつもより三十分遅れての到着になったけど。

冒険者ギルドに入ると、朝の列に並ぶ。それから受付のお姉さんに来たことを伝えると、待合席で待つように言われて座って待つ。しばらく冒険者を観察していると、出入口付近で見慣れない三人組が入ってくるのが見えた。

ふと視線を移すと、ローブをきた女の子が二人と男の子が一人、あたりを見渡しながら入ってくる。見た目は私よりもちょっと年上って感じがする。その三人は大人しく列に並び、順番を待っていた。

三人の順番が来て受付のお姉さんと話していると、その三人が突然私のほうを向いた。どうやら向こうも気づいたみたいだ。

話が終わり一直線にこちらに向かってくる。私は立ち上がってその三人を迎え入れた。まず話しかけてきたのは長い赤髪の女の子だ。

「あなたが候補の冒険者って聞いたわ」

「はい、リルといいます」

「ふーん、見た目はまぁまぁね」

ちょっと勝気な感じの女の子は私を上から下まで眺めて、そんな感想を言った。えっと、まぁまぁってどういうことだろう。

「ねぇ、あなたはどう思う？」

「僕かい？　ごつくはないし、怖くはないし、僕らの要望とピッタリだと思うな」

勝気な女の子が男の子に話を聞くと、髪をフサァッとかきあげながらキザに感想を述べた。髪をかき上げながら喋る人っているんだね、初めて見たよ。

「あなたは？」

「うん、この人なら大丈夫そうだよ。ありがとう」

「別にあなたのためじゃないわよ、みんなの意見を聞いてみただけなんだからねっ」

気弱そうな女の子に聞くと、控えめな笑顔を浮かべて頷いていた。どうやら三人とも怖くない冒険者を希望していただけなんだね。良かった、他の理由がなくて。

「というわけで、あなたを採用します」

「ありがとうございます」

「と、ところでなんだけど」

「？」

勝気な女の子は突然しどろもどろになる。どうしたんだろう、と言葉を待っていると――。

「あの討伐数って本当なのかしら」

「討伐数？　あぁ、東の森での討伐数ですね。はい、数が間違っていなければあっています」

「そそ、そうなのね。あなた見た目に反して結構強いのね」

「そうでもないですよ。ただ、そういうきっかけに巡り会っただけですから」

なるほど、受付のお姉さんから討伐数のことを聞いて驚いちゃったのか。さっきまで威勢が良かったのに、いきなり態度がコロッと変わったから驚いちゃった。

「なら、早速行きましょう」

「今から行くんですね」

「そうよ。もしかして、用意していないとかじゃないでしょうね」

「大丈夫ですよ、いつでも行けます」

「そうなのね。ふん、ならいいわよ」

また勝気な態度になった、なんだか不思議な依頼者だな。後ろにいる二人のことをチラチラ見ているのはなんだろう。そっか、カルーみたいにお姉さんぶりたいのかもしれない。

「行く前に屋台で昼食を買ってもいいですか？」

「それくらいの時間ならあるわ。でも、早くして頂戴ね」

良かった、買い物を許してくれた。すると、勝気な女の子が先頭を切って進んでいき、残りの二人はその後についていく。私も遅れないように後をついていった。

◇

昼食を買い、門を抜けて、東の森の手前までやってきた。三人は仲がいいのか、とても楽しそうにおしゃべりをしていた。

だけど、ここからは魔物がいる領域。護衛としてしっかりと仕事をしないとね。

「この草原からFランクの魔物が出てきます。足元に注意をして歩いてくださいね」

「えっ、ここから魔物が出てくるんですか。うぅ、やっぱり怖い」

「Fランクの魔物だったら、僕らでも倒せそうだから、大丈夫さ」

「出る魔物って確かスライムとスネークとホーンラビットよね。それくらいなら、怯える必要はないわ」

確かにFランクの魔物なら武器を持っていれば、大丈夫かもしれない。けど、ここは冒険者の仕事だからね。

「魔物がいても手出しはしないでくださいね。見つけたら教えてください、私が討伐しますので」

「よろしくお願いします」

「うむ、頼んだ」

「そ、そうよね。そのための冒険者だものね」

私は先に歩き、東の森までの道を確保する。周囲を警戒しながら進んでいくが、魔物との遭遇はない。遠くを見れば、魔物らしき姿を見かけるがわざわざ倒しにいく必要もないだろう。

そのままさくさくと草原を進んでいき、東の森の入口までやってきた。うん、ここからが仕事の本番だ。

「採取はこの辺りから始めますか？」

「えぇ、そうよ」

「なら、私が先に索敵をします。まずは安全確保を優先にさせていただきますね」

早速聴力強化をして、周囲の音を拾っていく。音が小さいからよく分からないが、このあたりにはEランクの魔物はいなさそうだ。

「この周辺にはFランクの魔物しかいないようです、数もそれほどいなさそうですね。不安なら討伐してきますが、どうでしょう？」

「それなら別にいいわ。襲ってきたら助けて頂戴」

「分かりました」

「なら、採取開始よ」

勝気な女の子がそういうと、三人はバラバラになって採取を始めた。一か所には集まらないんだね、これはこれで護衛として大変だ。魔物に襲われないようにしっかりと守らないといけないね。

とりあえず、三人の周りを歩き回ろう！

◇

本格的な護衛は初めて。そんな護衛クエストはとっても大変だ。

とにかく三人はバラバラに動いてしまうので、その後を追うのに忙しい。一人に付き従うと、索敵をして魔物がいないことを確認する。それが終われば、次の人のいる場所に行って同じことを繰り返す。

索敵しては動いて、索敵しては動いてと護衛対象者の安全の確保を最優先にして動き続けていた。だから、休む暇がない。

経験がないから自分で考えて動かなくちゃいけないのが大変なところだ。黙って見守って、いざという時に駆けつけられればいいのだが、そんな自信はない。

黙って見守れず、結局動いて大変な目にあっているのだから自業自得だ。はっ、護衛のやり方とか本に載っていたのかもしれない。あー、一度図書室に行けば良かったな。

とにかく、今は三人がいる場所を行き来するしか思いつかない。はぁ、上手くいかない事はあるなぁ、まだまだ経験不足だ。

午前中はそんな感じでひたすら地道な護衛を続けた。護衛対象者のお腹が減った、ということで昼食の時間になる。

まだ森の出入り口付近だったため、安全確保のために一度森を出て草原で昼食にすることにした。

森を抜けて草原に戻ると、素敵をして近くにいたスライムとスネークを倒した。これで昼食時の安全は大丈夫だろう。

シートを敷いて、一旦昼食に入る。

「次はどこで採取する？」

「森の浅い部分はとったから、次は森の奥まで行ってみたいね」

「でも、それだとEランクの魔物がいるって……」

「大丈夫よ、リルさんがいるんですもの」

屋台で買ったサンドイッチを食べていると、そんな会話が聞こえてきた。視線を向けると、三人の期待の眼差しがこちらに向く。うっ、そんなに見つめられても、困っちゃうな。

「え、えーっと。私は今回の護衛が二回目で、経験が浅いのです」

「でも、午前中は安全に採取できたわ」

「森の出入口付近でしたからね、魔物もFランクだけでしたし、なんとかなっていました」

「私たち、森の奥に生えているキノコと木の実が欲しいの。それも今日採りに行かないといけないのよ」

勝気な女の子が強い口調で訴えてきて、どう答えていいか悩む。他の二人も懇願するような視線を向けてくるから、困った。

森の奥には必ずEランクの魔物がいる。一人ならなんとかなっていた戦闘も三人の護衛対象者がいるとなれば、難易度は各段に上がるだろう。

でも、ここで護衛の経験を積んだ方がいいのは以前にも考えていたところだ。まだ魔物が弱い内の今が頑張りどころではないだろうか。

一番の問題は三人がバラバラになってしまうこと。

「分かりました、森の奥に行ってみましょう。ですが、一つだけ約束してください」

「約束？」

「三人がバラバラになりすぎないことです。私の視界に入るくらいの距離にいてもらわないと、いざという時に守れません」

「それならいいわよ」

約束をすると承諾してくれた。後はそれを守ってくれることを祈るだけだ。

「では、午後は森の奥まで行ってみましょう」

◇

昼食を食べた後、森の奥までやってきた。魔物とは遭遇しないでここまでこられたのは良いことなのか、悪いことなのか。

「この辺りでの採取はどうですか?」

「いいんじゃないかい。ほら、すでに一つは見つけたよ」

「本当だ、この辺なら色々見つかりそうだね」

「なら、ここで大丈夫よ」

「あまり遠くへはいかないでくださいね」

三人がバラバラになって散っていった。それを見ながらみんなが見える位置に立つ、今は全員見えるので大丈夫だけどこれからは分からない。

とりあえず周辺に魔物がいないか聴力強化をしてみる。耳に手を当てて魔力を高めていく、周囲の音が大きく聞こえてきた。三人の歩く足音や服が擦れる音が一番大きく聞こえてくる。

意識をそれ以外に向けて、魔物の音を拾っていく。まず先に聞こえたのはポポの声。距離は……これは百メートルくらい離れていそうだ。

次にゴブリン、これはかなり遠くに聞こえているので接敵しない限りは放置で大丈夫そう。この唸り声はドルウルフだ、百メートル以内にはいる気がする。

見つかる可能性が高いのはポポとドルウルフだ。一旦聴力強化は切って目視での護衛を継続する。

「やった、こんなに大きいのが採れたわよ」

「ふ、ふん。それぐらいだったら私だって見つけられるわ」

「ふふっ、だったら勝負ね」

「勝負なら、僕だって交ぜてほしいな」

護衛対象者たちは集まって楽しそうにキノコを見せ合う。へー、あれが錬金素材って言われるものか。入口付近では薬草とか採取していたから、私でも分かったけど、あのキノコはどんな効果があるんだろう。

おっと、そんなことより護衛だ。

「ねぇ、ちょっとリルさん」

「はい、なんでしょう」

「移動したいんだけど、いいかしら」

どうやらこの辺りは採り尽くしてしまったらしい。離れたところに魔物はいるけど、大丈夫かな?

「近くに魔物がいるので、あまり遠くじゃなかったらいいですよ」

「そそ、そうなのね。ならこっち側なら大丈夫かしら」

「そちら側だったら大丈夫だと思います。魔物も動いているので約束はできないですが、いいですか?」

「も、もちろんよ」

ちょっとビビりながらも赤髪の子が頷く。どんな魔物であれ、怖いからね。

私が先導しながら、希望した場所へ進んでいく。後ろの三人は少しだけ体を縮こませながら私の後をついてきてくれた。

歩いてしばらくすると、気弱な女の子が声を上げる。

「見て、実が生っているよ」

「あっちにはキノコが生えている」

「あれは薬草ね、品質が良さそうだわ」

進んだ先でお目当てのものを見つけたのか、恐怖を置き去りにして採取に向かっていった。えっと、距離的にはギリギリかな。

「あまり離れないようにしてくださいね」

そう声を掛けるが、誰も返事をしてくれない。仕方がない、私が周りを注意するしかないか。聴力強化をしてから、周りの音を拾っていく。

三人の音がはっきりと聞こえすぎていて、聞き分けられない。もっとよく聞いて……ん、こちらに近づいてくる足音があるような。

「ガウッ」

「ウゥ！」

音が聞こえた方向を見た瞬間、木々の間からドルウルフが二体現れた。しまった、あのドルウルフがこっちに近づいていたんだ。

「きゃぁっ！」

「ガウッ」

気弱な女の子が驚いて声を上げると、その声にドルウルフが反応した。危ない、急いで駆けつける。

二体のドルウルフがゆっくりと女の子に近づいていく。すぐさま、手を前にかざして火球を作り上げる。その火球をドルウルフ目がけて放つ。

「ギャンッ」

「ガウッ⁉」

一体のドルウルフが燃え上がり、もう一体のドルウルフは驚いて腰が引けた。良かった、注意は引けたみたい。

すぐに剣を抜き、もう一体のドルウルフに駆け寄って行く。急いで倒さなきゃ、と雑に剣を振ったせいかドルウルフはそれをかわしてしまう。

しまった、そう思った時ドルウルフはこちらに飛び掛かってきた。

「ガウッ！」

大きな口を開けて目の前まで迫ってきた時、とっさに革のグローブに覆われた腕を前に出して防御をする。その腕にドルウルフは噛みついてぶら下がり、引きちぎろうと頭をブンブン振った。

体が左や右に振れる。早く仕留めないと、肩を痛めちゃう。剣先をドルウルフの頭に向けて、照準を合わせて、一突きにする。頭をやられたドルウルフはビクンと跳ねた後に、口を離して地面に落ちた。

あとは火球を食らったドルウルフだけだ。視線を向けると、ブルブルと震えながら立ち上がるところだった。急いで駆け寄り、剣を振るった。切りつけられたドルウルフは短い悲鳴の後に地面に横たわった。

うぅ、引っ張られた肩と腕が痛い。噛みつく力はそんなに強くはないが、あんなふうに噛みながら暴れられたら怪我をしてしまう。

「大丈夫⁉」

「大丈夫かい？」

「う、うん……怖かった」

気弱な女の子は大丈夫そうだ。怪我がなくて本当に良かったよ、私も冒険者としての役目を全うできたよね。

◇

気弱な女の子の背を撫でる勝気な女の子。キザな男の子は言葉巧みに励ましていた。

「どうします？　森の奥は止めておきますか？」

一応聞いてみる。Eランクの魔物は弱いが一般人にとって脅威には変わらない。今の襲撃で恐怖が大きくなって動けなくなっているのであれば、引き返した方がいいと思う。

三人は真剣な顔で口を開く。

「い、いいえ……もう少し採取がしたいです」

「ここまで中々来れないから、今日を逃したくない」

「リルさん、お願いします」

森の奥での護衛は継続らしい。私は強く頷いて、気持ちを改めた。

護衛費だってこの子たちにとっては高かったかもしれない。三人で冒険者を雇えるくらいの金額、一万二千ルタも出してくれたんだから。

私だって冒険者の端くれとして、受けたクエストは成功させたい。それに依頼者の力になってあげたい。私の時だって誰かが力を貸してくれたように、私だって今ある力を精一杯出してこの子たちのためになろう。

「では、できる限り静かに行動しましょう。いいですか？」

「そんなの分かってるわよ。魔物とは会いたくないから」

勝気な女の子がそう言うと、三人は散らばって採取を続けた。みんな私の見える位置にいてくれるから守りやすい。

さっきは不覚をとったかもしれないけど、これからはそうはさせないように気をつけていこう。

聴力強化で周りの音を拾っていく。

一番近くにポポがいる、距離も近いから遭遇する確率は高い。次にゴブリンの声も聞こえる、しかも三体も。距離は……百メートルあるかないか。その遠くにまたゴブリンの声が聞こえるが、放置でも大丈夫そうだ。

ポポを討伐した方が良さそう。どうしよう、この三人から離れても大丈夫かな。ゴブリンはまだ離れているから大丈夫だとしても、音の拾えなかった魔物がいた時が大変だ。

リーダーっぽい勝気な女の子に聞いてみよう。

「近くに魔物がいるみたいです。討伐してきてもいいですか？」

「い、い、いいわよ。本当に大丈夫なんでしょうね」

「隠れている魔物がいなかったら大丈夫なんですが。このまま放置をすると間違いなく襲ってきます」

「そ、それなら……討伐してきてちょうだい」

「ありがとうございます。少し離れます」

討伐の許可が下りた、急いで討伐していこう。ポポがいる方向を確かめて駆け足で行く。ポポの声が鮮明に聞こえてきた。そしてポポもこちらの音に気づいたのか突然大きな声を上げる。

「ポポーッ！」

目視でも確認できた、ポポがこちらに向かって駆け出してきていた。剣を抜き、下に構える。くちばしを前に突き出してくるが、それを簡単に避ける。後ろへと回り込み、長く伸びた首を切り落とした。

剣を鞘に納め、急いで討伐証明を袋に入れ、体をマジックバッグに入れる。それから、すぐに聴力強化で周囲の音を確認だ。

一番近くにいたゴブリンに何やら動きがあったみたいだ。話し合っているような声が聞こえた後、だんだんこちらに近づいてきているように感じる。

しまった、ポポの声に反応してしまったのか。じっと音を探っているが、真っすぐここに来ているので遭遇は避けられないかもしれない。

たとえやり過ごせたとしても、採取は続けないといけないので、いずれ見つかってしまう可能性が高い。

このゴブリンたちは討伐対象だ。三人を放置しておけないが、守りながら戦うのは無理がある。討伐するまでどこかに隠れてもらうしかない。

急いで三人のところへと向かう。三人は夢中で採取を続けているようだが、それを一旦やめさせて一か所に集めた。

「こちらにゴブリンが近づいているようです。しかも三体もいます」

「えっ、ゴブリン……」

「三体も、か」

「ど、ど、どうするのよっ」

ゴブリンのことを報告すると三人は目に見えて怯え始めた。

「私一人だったら討伐できますが、三人を守りながら討伐するのは無理です。なので、隠れて待っていてくれませんか？」

「分かった。さぁ、みんなで隠れよう」

「う、うん……」

「そ、そうね」

キザな男の子が率先して二人を誘導してくれた。三人は草の茂った木の後ろに身を隠すと、静かにその場で待機してくれた。

「すぐに討伐してくるのでそれまで動かずに待っていてください」

その場を離れて、先ほどの場所へと向かう。木の陰に身を隠しながら聞き耳を立てると、聴力強化をせずにゴブリンの声が聞こえた。

ちらっと窺うと木々の間からゴブリンの姿が見えた。辺りを警戒しながら近づいている。私は飛び出す瞬間をひたすら待った。

あと、十メートル。もうちょっと近づいて……ここだ！

身体強化をかけて木の裏から飛び出す。一直線にゴブリンに向かって走っていき、剣を振り上げた。

「ギッ⁉」

ゴブリンはこちらに気づいた。だけど、もう間合いに入った。力の限り、剣を振り下げる。一体のゴブリンの胸を切り裂いた。

次だ。もう一歩踏み込んで、下からすくい上げるように切り上げた。

「ギャーッ」

「グギャーッ」

悲鳴を上げて二体のゴブリンが倒れる。

「グギギッ！」

その隙にもう一体のゴブリンがこん棒を振り上げてきた。体に力を入れて、後ろに飛び退く。すると、その後にこん棒が空を切って振り下ろされた。

二、三歩と後ろへ下がり距離を取る。ゴブリンに手をかざして、魔力を高めていく。魔力は火に変わり、火球となって生み出された。その火球をゴブリンに向かって放つ。

「ギャーッ」

近距離からの火球を避けられずにゴブリンの顔が燃え上がった。ゴブリンは地面に倒れて、熱さに悶え苦しんでいる。

その傍まで近寄り、燃え上がる顔を目がけて剣で突き刺す。ゴブリンの体はビクンと跳ねた後、震えてそのまま動かなくなった。

これで討伐完了だ。ここで聴力強化をして周囲の音を探ってみる。うん、近くに魔物はいなさそうだ。

剣を鞘にしまい、腰ベルトにぶら下げたナイフでゴブリンの右耳を切り取る。それらを袋に入れると、三人が待っている場所まで走っていく。

隠れていた場所に近づいて声をかける。

「もう出てきても大丈夫ですよ」

「ほ、本当よね」

「はい。討伐証明の部位見ますか？」

「そ、そんなの見ないわよ！」

そうか、残念だ。

しばらくすると三人はゆっくりとではあるが出てきてくれた。まだ周囲を警戒しているのか、周りを見回している。

「今でしたら、周りに魔物がいないので自由に採取できますよ」

「そうなんだね。よし、採取を開始しよう」

「時間もないしね、早く取っちゃおう」

「そ、そうよね。早くしないとね」

キザな男の子の一言で三人は恐る恐るではあるが採取を開始した。私は周囲を警戒しながら三人を見守り続ける。

◇

「ふふふ、大量に取れたわね」

「これでしばらくの調合は大丈夫そうだね」

「華麗な調合を進められるのが楽しみだ」

夕暮れ間近の道を進んでいく。正面にはすでに町の門が見えていて、護衛の仕事もあともうちょっとで終わる。

この辺りになると魔物がいないので、ようやく気を抜くことができた。ふぅ、今回の仕事も大変だったなぁ。

先に進む三人を見ながら進んでいくとあっという間に門に辿り着いた、仕事の終了だ。

「リルさん、今日はありがとうございました」

「ありがとう、お陰で調合ができるよ」

「ふん、お陰で助かったわ」

「こちらこそ、雇っていただいてありがとうございました」

門の手前で三人と会話をする。すると、赤髪の女の子からクエスト完了の用紙とお金が渡された。

「それじゃ、失礼するわね」

そういうと三人は門をくぐって町の中へと入って行った。んー、これでクエスト完了だ。あとは冒険者ギルドに寄って、クエスト完了の用紙を出して、討伐の報酬を受け取るだけだ。

はぁ、今日は色んな事があって疲れたな。明日は集落のお手伝いだから、お手伝い以外の時はゆっくりと休んでいよう。あ、魔法の訓練もしないとね。

私はのんびりと町の中へと戻っていった。

60　大商会の息子の冒険の付き添い

今日も仕事を探すために冒険者ギルドにやってくる。最近は魔力補充員の指名の依頼が入ったので、一週間働いていた。まさか、この世界でも仕事の修羅場を経験するとは思わなかったから大変だった。

でも、魔力を沢山使ったのでなんだか総魔力が増えたような気がする。お金にもなるし、訓練にもなるしいい仕事だなぁ……修羅場がなければ。

おっと、もう順番が回ってきた。受付のお姉さんがいるカウンターまで近寄る。

「おはようございます、冒険者証です」

「はい、お預かりします。Dランクのリル様ですね、今日は仕事の紹介希望ですか？」

「はい」

いつも通りの手続きを取ると、お姉さんが紙の束を見ながら仕事を探してくれる。しばらく待っていると、お姉さんの手が止まった。どうやら見つかったみたいだけど、お姉さんがちょっと困り顔になっている。

「あの、リル様にお願いしたいお仕事が一件ありまして」

「あ、じゃあ先にそのクエストを見ますね」

「ありがとうございます。こちらのクエストなんですが……」

一枚の紙を丁寧に差し出されてそれを受け取る。えーっと、大商会の息子の冒険の付き添い？

なになに、息子が冒険者の真似事をしたいと熱望していて、今回はその付き添いとなる冒険者を探している。なお、息子は怖がりなので屈強な冒険者や顔の怖い冒険者はお断り。

なんだか、デジャブが。

「いかがでしょう、報酬も高く設定されてますし。リル様にはうってつけの仕事だと思いますが」

えっと報酬が……三万ルタ!?　嘘、こんなに高く設定されているなんて！

いつものクエストは一万ルタから一万五千ルタくらいなんだけど、倍以上だなんて。

「しかも、そのクエストにはご子息様の機嫌次第では報酬上乗せという欄も」

……本当だ、場合によっては報酬の上乗せもあるって書いてある。でも、もしダメだった時は報酬を減らされるっていうこともあるのかな。うぅ、なんだか怖いクエストだな。

「いかがでしょう。リル様は人当たりも良くて、仕事も丁寧で、礼儀も正しくて、紹介に値する冒険者だと思っています」

受付のお姉さんがキリッと表情を引き締めて言ってくれたけど、ほ、褒めても何も出ないんだからっ。

「リル様以上にいい人材がいるとは思えません。ぜひ、お受けいただきたいと思っていますが……いかがでしょう？」

「……よろしくお願いします」

「ありがとうございます！」

お姉さんに押し負けてしまった。だ、大丈夫だよね……普通の依頼だよね。いちゃもんつけてくるようなクエストじゃないよね、不安だなぁ。

私がそんなふうにぐだぐだとしている間に、お姉さんはさっさとクエスト受諾の処理をしてしまった。これで後には引けなくなったね。覚悟を決めないと。

「お待たせしました。依頼者様には今日中には伝えておきますので、明日またこちらに来ていただいてもいいですか？」

「分かりました。そうしたら、今日受けられるクエストとかありますか？」

「そうですね……ゴミの回収員、給仕、店番、あと……書類整理なんていうクエストがありますがどれか希望のものはありますか？」

「じゃあ、ゴミの回収員でお願いします」

「かしこまりました。ただいま手続きをしますね」

とりあえず今日は一日で終わるゴミの回収員をしておこう。お姉さんの手続きが終わるまでしばらくボーッと待っていた。

◇

翌日、いつものように朝早く冒険者ギルドに寄った。朝の列に並び、自分の番を待つ。昨日のクエストはどうなったのかな、とか考えているとすぐに自分の番が来た。

「おはようございます、冒険者証です」

「お預かりします。Dランクのリル様ですね、どうやら言伝があるようです」

昨日のクエストのことかな？　早速返事が来て、ちょっと緊張しちゃうな。

「本日都合が宜しければ、クエストをお願いしたいということでしたが、いかがでしょう？」

「今日ですか。特に予定はないので大丈夫です」

「では、こちらの地図に書いてある邸宅を訪ねてください。こちらが紹介状になりますね」

「はい」

随分と早い展開になっちゃったな。また、急に不安が込み上げてきたよ。覚悟を決めたはずなのに、尻込みしちゃうなんて冒険者失格かなぁ。

そんな私の不安が顔に出ていたのか、受付のお姉さんが紹介状を握る手をギュッと握って励ましてくれる。

「リル様」

「は、はい」

「私たちは自信を持ってリル様を紹介しております。だから安心して行ってください」

真っすぐに見つめてくる目はとても真剣で偽りの気配はまったくしない。それどころか、背中を優しく押してくれるような勇気をくれるものだ。

なんだか怖気ついちゃったのが情けなくなっちゃうよ。ありがとう、お姉さん。

「はい、行ってきます！」

お姉さんから貰った勇気を精一杯の笑顔で返した。うん、大丈夫だ！

◇

地図を持って大通りを歩いていく。この辺りのはずなんだけど、どの建物も高級そうで大きな建物だ。えーっと、あったあれだ。

目的の邸宅を見つけた。鉄製の柵に覆われた二階建てで青い屋根の邸宅だ。立派な門もあり、門には門番もいて警備が厳重。その門番に近づいていくと、門番もこちらに気づいた。

「こんな朝早くに何の用だ」

「冒険者ギルドから来ました、クエストを受けた冒険者です。これが紹介状です」

「どれ……うむ、確かに。今、確認を取ってくるので待っているように」

紹介状を渡すと門番は厳しめな態度を緩めてくれた。それから門を開閉して邸宅の中に入っていく。

しかし、見れば見るほど大きな邸宅だな。門から邸宅のエントランスまで五十メートルはありそうだ。こんな邸宅に住んでいるご子息は一体どんな子なんだろう。

クエストの内容は冒険の付き添いってなっていたけど、具体的にはどんなことが必要だろうか。まずご子息は冒険で何をやりたいかによるよね。

まずは目的から聞いて……ってもう門番が戻ってきた。その後ろにはメイドがいるけど、メイドいるんだ。

門番とメイドが近づいてくると、メイドが話しかけてくる。

「リル様お待たせしました。邸宅の中にご案内いたしますので、どうぞこちらにお越しください」

「はい」

メイドが先に歩き、その後をついて歩く。邸宅までの長い道を行き、エントランスの中に入る。

中は吹き抜けになっていて、二階の一部分が丸見えだった。

豪華な壺に飾られた花や装飾の施された二階へ続く階段、ここだけが別世界のように感じられる。

ボーっと見回していると、メイドが咳ばらいをした。

「こちらでございます」

そう言って右側にある扉に近づいて開けて、中へと促される。そのまま扉の向こう側に行くと、メイドが扉を閉めて、また道案内を始めた。

廊下にはいくつもの扉がある。その中の一つの扉の前にメイドが立つと、扉を開けた。

「どうぞ、こちらのお部屋でお待ちください」

メイドが中に入ると、私もそれに続く。部屋に入るとまず目に飛び込んできたのは白いテーブルクロスがかけられたテーブルとそれを囲うように設置されたソファー。

その中の一つ、大きなソファーに手を向けて座るように促された。恐る恐る、そのソファーに座ってみるとフカッとしていて何とも言えない心地よさにビックリしてしまう。

「ただいまお茶を淹れますね」

いつの間にか用意されていたワゴンに手を掛けて押し、近くまで寄せる。それからポットを手に取ってティーカップに紅茶を注いだ。そのティーカップを目の前に置かれ、あとは小さな入れ物も置かれた。

「こちらが砂糖、こちらがミルクです。お好きな量を入れて、お召し上がりください」

「ありがとうございます」

「ただいま、執事が参りますのでそれまでどうぞごゆっくりと」

この世界で初めてになるお茶だ。温かい湯気が立つと香しい匂いがふわりと広がる。その紅茶に砂糖を一つ、ミルクを入れた。備え付けられたスプーンでかき混ぜれば、透明だった紅茶が白く濁る。

取手を掴んで落とさないように慎重に持ち上げて、一息吹きかけてすするように飲む。途端に紅茶の香ばしい味を感じるとともに、砂糖とミルクの甘みが口に広がる。

はぁー、美味しい。

◇

お茶を堪能している時に扉がノックされた。扉の方を向くと、白髪混じりの髪をオールバックに整えた執事服を身に纏った人が現れた。

「リル様、ようこそいらっしゃいました」

「は、はい。今日はよろしくお願いします」

慌てて立ち上がりお辞儀をした。

「座ったままで宜しいですよ」

ニコリと笑顔を浮かべると、執事は目の前のソファーに座った。私もそれに続いてソファーに座る。

「早速ではありますが、坊ちゃまの冒険の付き添いについてお話しさせていただきます」

仕事の話だ、聞き洩らさないようにしっかりと聞こう。

「坊ちゃまは怖がりな性格をしておりまして、今までは冒険に出たいとは言わなかったのです。ですが、お友達の間で魔物を討伐することをご自慢なさっているのを見て、それなら自分もやりたいと申し出されました」

なるほど、坊ちゃんは魔物討伐をやりたいっていうことか。

「あんな怖がりだった坊ちゃまが外に出て魔物を討伐する、と言い出された時は成長を感じて感動を……失礼しました。そこで魔物討伐を一緒にしてくださる冒険者を探しておりました」

確かに、魔物討伐だったら冒険者が必須だもんね。

「リル様の討伐履歴を拝見しました。東の森手前の草原にいるFランクの魔物を討伐することが今回の目的です。Fランクの魔物を最近大量に討伐したリル様にお願いしたいと思っています」

ひたすら経験を積むためにFランクの魔物を討伐していたんだけど、こんなところでその経験が活かせるとは思わなかった。

「坊ちゃまの討伐をさせつつ、身の危険から守っていただくのが今回の依頼内容です。以上となりますが、何かお聞きになりたいことはありますか？」

「討伐したら討伐証明というものを取るのが冒険者の仕事なのですが、それもご子息様にやらせたほうがいいですか？」

「えぇ、そちらの方も合わせてお願いしたいと思っています」

なんとなく今回のクエストの内容が見えてきた。東の森手前にある草原でFランクの魔物を討伐させる。その時の安全を確保したり、討伐の手助けをするのが私の仕事だ。

「分かりました。ご子息様の安全を確保して、Fランクの魔物を討伐させるお手伝いをしたいと思います」

「よろしくお願いします。もう少しで坊ちゃまの用意が終わると思います、外の馬車にお乗りになってお待ちいただけますか？」

「はい」

話が終わると執事は立ち上がり部屋を出て行った。私も出て行こうとすると、メイドが扉を開けて先導してくれるらしい。

来た道を戻り、エントランスを抜けて外に出ると、すでに馬車が用意されていた。

「こちらにお乗りになってお待ちください」

メイドが馬車のドアを開けてくれた。厚意に甘んじて馬車の中へと入り、奥の方に腰掛ける。後は待つだけだけど、どんな子が来るのか気になる。

馬車に座ったままボーッとしていると、エントランス側が騒がしくなった。扉が開き、馬車に駆け寄ってくる足音が聞こえてくる。

「早く行こう！」

「もう、坊ちゃま。引っ張らなくても大丈夫ですよ」

幼い子供の声とお年寄りの声が聞こえた。開かれっぱなしの馬車の扉の奥を見ると、こちらに駆け寄ってくる子供とメイド服を着たおばさんがいた。

「坊ちゃま、今日の先生ですよ。挨拶は？」

「あ、冒険者の先生！　今日はよろしくお願いします」

「はい、こちらこそよろしくお願いします」

馬車に乗り込む前に男の子が挨拶をしてくれた。私も座りながらお辞儀をして応える。なんだか、いい子そうなご子息だなぁ。

ご子息とメイドが馬車に乗り込むと馬車の扉が閉まった。いよいよ、出発の時だ。外から鞭を打つ音が聞こえると、ガタンと馬車が揺れた後にゆっくりと動き出した。

「冒険者の先生も僕と同じ子供？」

突然、話しかけられてびっくりした。そっか、会話をしないとね。

「十二才になるリルって言います」

「僕八才！　ねぇねぇ、僕とそんなに変わらないのに、冒険者の先生なのはすごいね！」

「えぇ、そうですね。この先生はこれから討伐する魔物を沢山倒されたすごい先生なんですよ」

「そうなんだ！」

すごく元気な男の子が好きなように話す。冒険に出るのが本当に嬉しい感じが伝わってきて、こっちの顔もニコニコしてしまう。

「僕ね、今日は沢山の魔物を倒してみんなに教えてあげるんだ！」

「それはいいですね。ちなみにどんな魔物がいるか分かりますか？」

「もちろんだよ、僕勉強してきたんだから。えーっとね、スライムとースネークとー、ホーンラビット！」

「正解です。よく勉強されてますね」

ちゃんと魔物を調べてあるんだ、偉い。褒めてあげると照れたように笑った。

「えへへ」

その後もご子息の話を聞いたり、言葉を返したりして馬車の時間は過ぎていった。

◇

町の門を抜け、東の森手前の草原までやってきた。馬車は道を外れたところで止まり、私たちは外に出た。

「うわー、すっごい広い！」

草原を前にしてご子息が大はしゃぎ。手を目一杯に広げて、この景色に感動している。

さて、目的地についたことだし魔物の討伐を始めましょうか。でも、ご子息は武器らしいものは持っていないけどその辺は大丈夫なのかな？

すると、ご子息はメイドに近づいていき話しかける。

「ねぇねぇ、僕の装備出してよ」

「分かりました。お待ちくださいね」

見ているとメイドは肩から掛けたバッグを開けて何かを出そうとしていた。そうか、あれはマジックバッグだったんだ。

中から剣、盾、革の鎧を取り出す。どれも見たことのない素材でできており、高級感漂うオーダーメイドの装備だと分かる。

だって、全てがその子供にピッタリのサイズで作られているんだから。うーん、流石大商会のご子息だなー。

メイドに革の鎧を着させてもらい、剣がついたベルトを腰で留めて、手に盾を持たせると……少年冒険者のできあがりだ。

「坊ちゃまできましたよ」

「ありがとー。よーし、魔物を倒すぞー！」

元気よく腕を高々に上げた。よし、仕事の開始だ。

「では、まず魔物を探すところから始めましょう」

「うん！」

「この草原を歩いたり、立ち止まって辺りを見渡したりして地面にいる魔物を見つけます」

「分かった！」

するとご子息は歩き出した。下を向いて歩いたり、立ち止まってキョロキョロと辺りを見渡したりしている。

私も辺りを見渡して魔物を探す。初めての魔物はどれがいいかなー、無難なスライムか、それとも小さなスネークか。ホーンラビットは動きが素早いから最後のほうにしてみよう。

そうやって歩いていると——。

「うわわっ」

ご子息が驚いて尻もちをつく。そして、そのままの姿勢で後ずさりをした。

「いた、いたよ、いたいたっ」

ある場所を指で差す。急いで近寄ってみると、地面には一体のスネークがいた。シュルシュルと体をくねらせて移動しているところだ。

「あれがスネークですね」

「あれが……うぅ、なんだか気持ち悪いよ」

急に怖がりになり、立ち上がって私の後ろに隠れた。後ろからそーっと覗き込むが、近づかない。

「どうします、このスネークは見逃しますか？」

「……やだ」

「がんばって近づいてみましょうか。一緒に行きましょう」

「……うん」

私の服を掴みながら、ゆっくりとスネークに近づいていく。すると、スネークはこちらに気づいたのか頭を向けてきた。

「うっ、怖い」

「さぁ、剣を抜きましょう。これからお待ちかねの討伐ですよ。がんばりましょう」

「う、うん」

ご子息は私から離れると腰にぶら下げてあった剣を抜いた。抜いたがそのままの姿勢で動かなくなってしまった。

「一緒だったら怖くありませんか？」

「うん」

「一歩ずつ近づきましょうか」

「うん」

ちょっとずつスネークに近づいていく。するとスネークが威嚇のためか口を大きく開いてきた。

「ひっ」

「実はスネークも怖がっているんですよ？」

「そ、そうなの？」

「だから、あーやって威嚇をしているんです」

「そうなんだ」

その言葉で魔物も自分と同じだと安心したのか、余計な力が抜けたみたい。剣をしっかりと前で構えると、一人でスネークに近づいていく。

腰はちょっと引き気味だけど、確実にスネークの近くまで移動できた。構えていた剣をゆっくりと振り上げる。

「魔物をよく見て、しっかりと剣を振り下ろすんですよ」

「うん……えいっ」

剣を振り下ろした。その剣はスネークの胴体を簡単に真っ二つにして、地面に突き刺さった。うん、討伐完了だ。

「やった、やった！　僕、討伐できたよ！」

「おめでとうございます」

剣を手放してジャンプして喜んだ。それをみんなが微笑ましく見守っていた。

◇

プルプル震える手で切ったスネークを掴み、急いで袋へと放り込む。

「ふぅ、これでいいよね」

「はい、よくできましたね」

「うん、僕は立派な冒険者だからね」

スネークの体を袋に入れたご子息は胸を張って自慢げに答えた。

「次、次の魔物を探そうよ！」

「じゃあ、次はどっちが早く見つけられるか勝負しましょう」

「絶対に負けないぞ！」

スネークを倒した影響なのか魔物討伐に積極的になった。勝負事を持ちかけると、やる気を全面に出してくる。

すぐに辺りを見渡しながら歩き始めた。次をみつけるならスライムがいいかな、私も辺りを見渡してあの球体を探す。

探し始めて数分、草むらの向こうでうごめく球体を見つけた。ふふ、どうやらこの勝負は私の勝ちだね。

「スライム見つけましたよ」

「えー、負けたー。どこにいるの？」

「あそこです、見えますか？」

「……なんかつるつるしているのがいる」

「近くに行ってみましょう」

「うん」

スライムがいる方向を指差すと二人で歩いて近寄ってみる。そこにはいつもの緑色のスライムがプルプルしながら佇んでいた。

「これがスライム……ちょっと可愛い」

「スライムの中心にあるのが核です。討伐するにはあの核を壊せばいいですよ」

「どうやって壊すの？」

「剣を振るんじゃなくて、剣を突き刺せばいいですよ」

「ふーん、やってみる」

剣を構えておそるおそるスライムに近づいていく。私も後ろから近づいて不測の事態に備える。剣が届く距離までやってくると、ご子息は剣先を下に向けて持ち上げて、核目がけて下ろす。剣先はスライムの体を抵抗なく通り、核を外して地面に突き刺さった。

「わわっ、外しちゃった」

スライムの体がピクリと動くと、剣を包み込むように伸びてくる。

「早く剣を抜いてください」

「う、うんっ」

指示を出すと、ご子息は慌てて剣を抜いて後ろに下がった。危なかった、剣を取り込まれなくて良かったよ。

体を突かれたスライムはうにょんと体をくねらせている。あれは痛がっているんだろうか？　未だにスライムのことは分からない。

スライムは体をくねらせた後、離れていくように這いずっていく。逃げる気だけど、逃がさない。私も剣を抜いてスライムに近づく。その剣でスライムの核を外すように剣を振るった。体を真っ二つにされたスライムはそれ以上逃げる事ができずに、その場でプルプルと震える。

「足止めをしました。今なら一突きで倒せますよ」

「う、うん……やってみる！」

少し怯えながらも剣を構えながら近づいていく。十分に近づいた時に怯えるような表情をしたが、それも一瞬だった。

急に真面目な顔に変わると、剣先をスライムに向けて突き刺す。今度は核に命中した。スライムはビクリと震えた後、ドロドロにその体は溶けた。

「やった？」

「えぇ、おめでとうございます。スライムを倒しましたよ」

「やった、やったー！」

剣を持ちながらジャンプをして喜ぶ。初めて倒すとすごく嬉しいよね、私もそうだったな。

なんだか懐かしい気分になりながらご子息を見守っている。そうだ、討伐証明を回収しないと。

「スライムの核が討伐証明ですよ。拾ってこの中に入れてください」

「うん。みんなに見せて驚かせるんだー」

スライムの核を拾うと、私の持つ袋に入れた。よし、これであとはホーンラビットを倒せば一通り満足してもらえるだろう。

「次はホーンラビットですね。ホーンラビットは白い毛に覆われているので比較的見つけやすいですよ」

「次こそ僕がみつけるんだ！」

「私だって負けませんよ」

また二人で勝負をする。今度は勝たせてあげたほうがいいかな。ちょっと手を抜いてもバレないよね。

元気よく草原に駆け出していくご子息を見ながら、草原を見渡す。手を抜くっていってもホーンラビットを探すことだけ、護衛はしっかりとやろう。

少し離れた位置から少しずつご子息に近づいていく。周囲に魔物の気配はない、唯一心配なのはスネークが潜んでいるのに見つけられないこと。まぁ、丈夫なブーツを履いているみたいだし噛まれても大丈夫かな。

辺りを見渡しながら、ご子息を一番に気にかける。そうしてしばらく時間が経ったあと、ご子息がこちらに走りながら近づいてきた。

「わーん、ホーンラビットがきたよー！」

よく見るとご子息の後ろからホーンラビットが駆け出してきているのが見えた。よし、出番だ。

逃げてきたご子息が私の後ろに隠れた。これはちょっと避け辛くなってしまったな。

仕方ないので、ホーンラビットに手をかざして魔力を高めていく。手に集中させた魔力を風の魔法に変換して、放った。空気の弾がホーンラビットに向かい、直撃したホーンラビットは後ろに撥ね飛ばされる。

「もう大丈夫ですよ。さぁ、今度はホーンラビットを討伐しましょう」

「う、うん」

オドオドしながらも私の後ろから前に出てきた。ちょっと腰が引けてしまっているが、大丈夫だろう。

さて、どうやってホーンラビットを倒せばいいのだろう。盾があるんだし、ホーンラビットの角攻撃を盾で防いでみよう。ぶつかった衝撃でホーンラビットに隙が生まれるから、そこを一突きにするのはどうだろう。

「よく聞いてください。まずホーンラビットが角を前にして突進してきます。そこを盾で防いでください」

「盾の出番だね」

「そうです。盾にぶつかった衝撃でホーンラビットが地面に倒れると思います。その隙に剣で一突きにしてください」

「分かった。なんだか簡単そうだなー」

「そうですよ。この討伐も成功させましょう」

「うん！」

剣を地面に突き立て、両手で盾を構えさせる。吹き飛ばされたホーンラビットはすでに起き上がっており、こちらに向かって再び突進を開始した。

「うわわっ、来たー！」

「大丈夫です。よく見て、盾を構えて」

「う、うんっ」

体を縮こませながらもしっかりと盾を構えさせる。私は衝撃で後ろに倒れないように背中に手を添えて衝撃に備えた。

ホーンラビットの接触まであともうちょっと、来た！

ドン。

「キュッ」

跳び上がってきたホーンラビットは盾に直撃した。その衝撃で少し撥ね飛ばされて地面に倒れる。

「今です、剣を抜いて」

「うう、うんっ」

「首辺りを目がけて剣で一突きです」

「わ、分かった！」

盾を預かるとご子息は怯えながらも剣を抜き、倒れているホーンラビットに剣先を向けた。プルプルと震えながらも、一気に剣先をホーンラビットに突き立てる。

うん、首辺りに深く刺さっている。もう動かなくなったし、討伐の完了だ。

「よくできましたね、討伐の成功です」

「やった？　やった、やったー！」

「おめでとうございます」

「こんなに大きな魔物を討伐できたよ！」

ご子息はメイドがいる方向に走っていった。とりあえずは、これでFランクの魔物は全て倒したことになるよね。なんとか上手にできて良かったなー。誰かにやらせるのってこんなに難しいことなんだ。

ご子息に怪我もなく、なんとか討伐を終わらせることができた。あ、でもまだやりたいっていうかもしれないし、これで終わりじゃないよね。

◇

結局その後、まだ討伐を続けたいと言ったご子息のために討伐を継続した。途中、昼休憩を取ったがメイドさんが持ってきた昼食を一緒に食べることになった。今までに食べたことがないくらいとっても美味しかった。

昼食後も討伐を続けて、突然の「疲れた」という一言により町へと戻ることになった。初めての討伐にしては結構な数を討伐していたと思う。

邸宅に戻り、挨拶を済ませて、報酬を受け取ったんだけど……六万ルタももらっちゃった。報酬の上乗せがあるとは聞いていたんだけど、まさか報酬が倍になるなんて思いもしなかった。

クエストの内容は大変だったけど、こんなに沢山の報酬を貰えるなら全然苦じゃない。というか、普通の仕事よりも楽なのかもしれない。

でも、今回みたいな特別な報酬のあるクエストって時々しかないよね。今回は特別だったってことで、またコツコツ頑張るぞー。

61　薦められたクエスト

領主さまがこの町にいないことを知ってからしばらくが経った。目標を見失って私の気持ちが落ち着かなくても日常はいつも通り過ぎていく。討伐をしたり、クエストを受けたり仕事は続けていた。

変わったことといえば、ふとした瞬間に虚しい気持ちが蘇ること。働く意味を考えて、悩んで、答えが出なくて苦しくなる。

でも、それも一瞬のこと。現実に追われて答えを後回しにしてしまうからだ。そして、ふとした瞬間に思い出しては考えてまた苦しくなる。

今まではどんなことを考えて働いていたのか分からなくなってしまった。私はどんなふうに頑張っていられたんだろう、分からないよ。

こんなに悩んでいるのに、仕事はきっちりと終わらせることができるのは唯一の救いだ。いや、仕事をしている時は考えなくても済むから楽なんだと思う。

仕事はいつも通り終わらせることができるのに、どうして答えがでないのか分からない。答えは仕事にはないの？

　このまま何も考えない方がいいんじゃないのかな。答えなんて出さなくても仕事はできるんだし、困っていることはない。このまま集落で暮らせるだけの仕事をするだけでもいいんじゃないかな。

　そう思う時がある。でも、そう思えば思うほど焦燥感にかられてしまい、その考えを否定するような気持ちまで芽生えてきた。一体私はどうしたいんだろう。

　何が自分にとって正しいのか見えてこない。色んなことを考えて、色んな感情に流されても、行きつく先は変わらなかった。

◇

　討伐を終えて冒険者ギルドに戻ってきた。気だるい疲労感に耐えながら、列に並んで自分の順番を待つ。ボーッとしながら待っていると、自分の順番が回ってきた。

　いつも通り挨拶をして冒険者証と討伐証明を差し出す。受付のお姉さんは討伐証明を確認して数えていき、清算をする。それで終わりなはずだったんだけど、今日は違った。

「リル様に紹介したいクエストがあります」

「私にですか？」

「はい、お話を聞いていただけませんか？」

「うーん、聞くだけなら大丈夫です」

「では、担当の者が行きますので、待合席で待っていてもらってもいいですか？」

「はい」

流されるまま頷いてカウンターから離れる。それから待合席に座って担当の人が来るまで待った。

私に依頼したいクエストってなんだろう。護衛のクエストかな、それとも違うクエストかな。考えても答えは出ないから、ボーッとしながら待つ。

いつもならワクワクしながら待てるのに、今はそんな気分にはなれない。頑張って働く意義について見失ってしまっているから、前みたいなやる気が起きなかった。

このクエストも受けなくてもいいんじゃないかな。私にしかできないクエストじゃないだろうし、他のやる気のある人に回してもらったほうがいいんじゃないかな。

「リル様、お待たせしました」

そんなことを考えていると担当者がやってきた。席に座ると話し始める。

「リル様に紹介したいクエストは行商の護衛と販売のやり取りです」

まさかの護衛の依頼だったけど、販売のやり取りも？

「依頼者のファルケ様はエルクト行商の代表者です。エルクト行商は近隣の村に対して定期的に売買をしているところでして、今回はその付き添いとなる人を探しているようです」

初めてになるクエストだ、行商の付き添いってことで護衛と販売の手伝いもするってことなのかな。

「仕事の内容は近隣の村までの道中、魔物から行商を守る事。村に着いたら村人への販売の手伝いをすることです」

外の仕事と中の仕事が合わさった感じのクエストだった。これだとできる人は限られてくるので、必然と両方を行っている自分にクエストが回って来たんだなって思う。

「道中の魔物はEランクのゴブリン、Dランクのゴブリン、ハイアント、メルクボアが出てきます。Dランクのリル様はそのランクの魔物を倒してきているので実力は十分にあります」

今まで相手にしてきた魔物だったら大丈夫そうだ。

「それと町の中の仕事も請け負っているため、販売の手伝いもできると思いクエストを紹介させていただきました。他の外の冒険者には販売のやり取りをするのが難しい方ばかりですし、魔物討伐についても中の人に任せられません」

「魔物も販売も大丈夫だと思いますが、道中で盗賊とか出ませんか？」

「この辺りに盗賊が出るという話は聞きませんね。行き来の少ない道ですから、盗賊としても割に合わないと思いますよ」

この町から村までの道に盗賊がいないか心配だったけど、どうやらいないみたいだ。そっか、行き交う人が少なければ奪う機会も少ないから旨味はない。

「詳しい話はファルケ様から聞いていただく事になりますが、このクエストを受けてみませんか？」

「そうですね……」

「あ、すいません報酬の話をしていませんでしたね。一日二万二千ルタ、十日間の予定だそうです」

報酬は丁度いい感じだ、悪くはない。期間はそこそこ長いができないということはない。

できそうではあるけれど、何が何でもこのクエストを受けないといけない、という感じではないが。私の心ひとつで決まる。

ずっと悩んでいると、担当者が声をかけてきた。

「正直申しまして、リル様以外に自信をもっておすすめできる冒険者がいません。私共としては、リル様に是非受けてもらいたいクエストになります」

うっ、そんなことを言われたら断れないよ。というか、断る理由もなかったんだった。いつもと同じ環境にいたらまたうじうじ悩んじゃうし、ここは町を離れてみようかな。そしたら、自分の気持ちが固まるきっかけなんかにも出会えたりしてね。

まぁ、そんなに美味しい話があるわけないんだけど。ここでこうしていても仕方ないしね。よし受けよう！

「私で良ければ受けます」

「そうですか、良かったです。詳しい話は、明日の朝にファルケ様が冒険者ギルドに来られますのでその時にお願いします」

「分かりました、明日の朝ですね」

「はい、よろしくお願いします」

話し合いは終わり、担当者は一礼するとカウンターの奥へと戻っていった。

新しいクエスト受けちゃったな。今は悩みを置いておいて、クエストに集中しよう。

◇

次の日、約束通りに冒険者ギルドへやってきた。朝の早い時間だから、冒険者はまばらだ。列に並んで自分の順番を待つ。

「お待たせしました、次の方どうぞ」

「おはようございます。昨日受けたクエストの話し合いに来ました」

「リル様ですね、おはようございます。ただいま確認をとりますのでお待ちください」

冒険者証を差し出すと、受付のお姉さんが後ろを向いて何やら作業をする。しばらく待っていると、お姉さんがこちらを向いた。

「お待たせしました。行商の護衛と販売のやり取りのクエストですね。まだファルケ様がこちらに来ていませんので、待合席でお待ちいただけますか？」

「分かりました、待ってます」

やっぱり朝早いからか代表者は来ていなかった。お姉さんとやり取りをした後、待合席で座って待つ。

どんな人が来るんだろうか。男の人っぽい名前だけど、女の人が来ることもありそう。とにかく、気難しい人じゃなかったらいいな。

ボーッと列を眺めている。それらしい人は見当たらず、時間だけが過ぎていった。

62　顔合わせ

冒険者ギルドのホールに冒険者が沢山入ってきた、久しぶりに朝のピークを見た気がする。冒険者でごった返したホールは賑やかで、色んな声が聞こえてきた。

そろそろ代表者のファルケさんが来そうだけど、まだかな。冒険者を見ながら時間を潰していると、こちらに近づいてくる男の人が見えた。

髪を一つに束ねた青髪をした長身の人だ。慌てた様子で真っすぐやってきた。

「あの、君がリル君かな？」

「はい、冒険者のリルです」

「そうか、良かった！　僕はファルケ、エルクト商会の代表者だ」

どうやらこの人がファルケさんらしい。にっこりと笑う姿は愛想が良くて、警戒する心を解してくれる。そのままニコニコしながら席についた。

「いやー、手伝ってくれる冒険者が見つかって本当に良かったよ。ギルド職員からは難しいとは言われてたからね、今回の行商は諦めようと思っていたところだったんだ」

「あの、私でいいんですか？」

なんだか私で採用みたいな流れになっていて驚いた。なんだか話が早すぎてついていけない。

ファルケさんは強く頷いて話してくれる。

「あぁ、そのこと？　ギルド職員から君のことをさっき聞いてね。魔物の討伐数、町中でのクエストの経歴を見させてもらったよ。どれも問題ない」

どうやら私の情報を聞いた後みたいだ。魔物討伐は森のほうが多くなったけど、草原も時々挟んで討伐をしていた。町中のクエストも討伐の合間に色々と受けてみたりしていたけど、その経験で十分だったらしい。

「僕の行商にピッタリな人材がいて驚いたくらいだ。普段は僕と妻、二人で協力し合って行商をしていたから、それを補える人が欲しかったんだ」

「今回は奥さん、行商には行かないんですか？」

「そうなんだ、体調を崩してしまってね。しばらく安静が必要なんだ。定期行商の時期だったから止めるわけにはいかないから、代わりになる人を探していた」

なるほど、私は奥さんの代わりに行商の手伝いをすることになるんだ。定期的に村へ行商に行っているなら、止めるわけにはいかないよね。

「あ、このクエスト受けてもらえるかい？　僕としては是非君に受けてもらいたいと思っているんだ」

「はい、私で大丈夫ですか？」

「大丈夫！　なら、よろしく頼むよ」

ファルケさんはそう言って手を差し出した、握手だ。私も手を差し出して、手を握る。すると、ファルケさんは元気よく手を上下に振った。喜びが溢れてしまったみたいだ。

手を解くと、早速ファルケさんが行商について話し始めた。

「今回の行商では二つの村を経由していく。三日間かけて一つの町に行き一日泊まる、今度は二日間かけて次の村に行き一日泊まる、最後は三日間かけてこの町に戻ってくる。あ、三日間と言っても実質二日間とちょっとぐらいかな」

村って結構離れているんだね。町から離れたことがないからその辺りはよくわからないな。

「道中、どうしても魔物と遭遇してしまうんだ。遭遇してしまった時は討伐をお願いするよ。一応僕も武器は持っていくけど、冒険者より強くないから当てにしない方がいい」

持っていく武器は護身用ってことかな。主に私が魔物を討伐していくことになりそうだ。気を引き締めていかないとね。

「村についたら僕は商店に商品を卸しに行ったり、買い付けに行ったりする。リル君は商品を並べて、村人が買いに来るからその対応をしてもらうね」

ファルケさんは他にやることがあるから、村人への販売は私が一人でやるんだな。確かにこれは二人いないとできないことだ。

「行商中、幌《ほろ》馬車《ばしゃ》の中で寝泊まりすることになるよ。寝具はこっちで用意するから、何も必要ないからね」

それはありがたいな。町から離れて泊まるのは初めてだから、必要なものを買いそろえないといけないのかなって思ったけど杞憂だったみたい。

「食事はこちらで用意する。時間軽減の高いマジックバッグに十日間の食事を入れて持っていくんだ。万が一のために二日分余分に持っていくよ。これだと道中で自炊しなくてもいいし、調理道具とか持たなくても平気だからね」

そっか、食事の問題もあったんだ。用意してもらうのは本当に助かるし、マジックバッグに入れて持っていけば作らなくて済むしいいね。

何度も行商に行っているから必要なことが分かっている。だから事前に必要な分だけを用意できるんだろうな。私も万が一のために、多少の食料と寝る時の簡単な寝具を用意しておこう。

あと必要な物って言ったら、着替えの服くらいかな。

「着替えを洗うことはできますか？」

「道中の近くに水場はないけど、村に入ってからまとめて洗うことはできるよ」

ということは、道中はある分で着替えをして乗り切る感じかな。村に着いたらまとめて洗って、干す場所はどうしよう。

「着替えを干す場所とかありますか？」

「幌馬車の中で干せる場所を確保しているから、そこに干してもらえればいいよ」

うん、着替えは大丈夫そうだ。多く見積もって五着持っていけばいいかな。今ある服だけだと足りないから買ってこないとね。

後は必要なものはあるかな。うーん、考えても思い浮かばないや。

「あの、私が持ってくるもので必要なものって何かありますか？」

「そうだな……魔物討伐に必要な道具、着替えとかあればいいと思うよ。あ、それと馬車は揺れるから座っているとお尻が痛くなっちゃうんだよね。クッションとかあったほうがいいかも」

「クッション、分かりました」

馬車に乗って移動するから、お尻が痛くなっちゃうよね。お尻を守るためにクッションを買ってこよう。

「出発は明後日だ、行けそうかい？」

「はい、大丈夫です」

「なら、今日僕がここに来た時間までに南門で待っていてほしい」

「分かりました」

出発は明後日、南門の集合だね。時間も配給を食べてからでも大丈夫そうだ、今のところは問題はなさそう。

「報酬は最終日にまとめて渡すことになるけどいいかい？」

「はい、それで大丈夫です」

「なら、そうさせてもらうよ」

そう言ったファルケさんは嬉しそうにニコニコと笑っていた。まだ何か言いたそうにしているけど、聞いた方がいいのかな？

「そうそう、今回の行商にはもう一人お手伝いがいるんだ。知り合いの人に頼んで、協力してもらっているんだ。その子を護衛してもらったり、一緒に商売のお手伝いをしてもらえると助かる」

「同行者がいるんですね、分かりました」

「いやー、本当に助かるよ。一時はどうなるかと思ったけど、これで安心して行商に行ける。この出会いに感謝だ」

なんだかすごく感謝されていてくすぐったい。私は普通にクエストを受けただけだと思っていたんだけど、ファルケさんは違うみたいだ。

少しでも力になれたなら、嬉しいな。うん、喜ばれたり望まれたりして仕事をするって気持ちのいいことなんだ。

「じゃ、僕は行くね。行商ができるようになったし、急いで商品の買い付けをしないといけないから」

「私も必要なものを買い出しに行きます」

「じゃあ、明後日からよろしく頼むよ」

「はい、こちらこそよろしくお願いします」

席を立ったファルケさんは手を伸ばしてきた。その手に自分の手を重ねて握手をすると、ファルケさんは足早に冒険者ギルドを去って行く。

クエストの依頼者がいい人で良かった。安心すると肩に入っていた力が抜ける。

さてと、私も買い出しにいかないと。着替え、少量の食料、寝る時に被る布、クッション……あとは無いかな。まずは受付でお金を下ろさなくちゃ。

同行者って誰なんだろう。そう思いながら私は待合席を立ち、カウンターに並んでいる列に再び並んだ。

63　迷い

出発当日の朝が来た。

いつも通りに起きると、少しストレッチをしてから冒険者の服に着替えて装備を装着する。昨日の内に荷物はまとめておいたので、マジックバッグを背負うだけで準備は完了した。

忘れ物は……うん、ないね。しばらくこの家ともお別れだ、ちょっと寂しいけどまた戻ってくるからね。

それから家を出て広場へと向かう。

広場に着くとすでに配給が始まっていた。慌ててお手伝いをするために鍋の傍にいる女衆に近寄る。

「おはようございます。配給代わりますよ」

「おはよう、リルちゃん。大丈夫よ、今日から集落を離れての仕事でしょ。しっかり英気を養っておきなさい」

「そうよ、昨日もその前の日も色々と手伝ってくれたでしょ。もう十分だから、先に食べちゃって」

「ありがとうございます」

みんなの言葉に甘えて先に食べることにした。列に並んで自分の順番を待つと、お椀に具沢山のスープと芋を貰う。それから女性たちの輪に入って配給を食べる。

おしゃべりをしながら食べていると、誰かが近づいてきた。顔を上げて見てみると、そこには以前働きに誘った女性がいた。

「お久しぶり、リルちゃん」

「お久しぶりです。朝の配給に来るのって久しぶりじゃないですか？」

「そうね、あの日以来だわ」

女性は私の隣に座った。手にはお椀を持ち、朝の配給を食べているようだ。今まで昼の配給を食べていたのに、どうしたんだろう？

「朝の配給はいいわね。昼とは違って賑やかで、スープに入っている具も多くて……子供も旦那も嬉しそうに食べていたわ」

顔を上げた女性の視線を追って見てみると、子供の輪に入っている子供と旦那さんの姿が見えた。二人共嬉しそうな顔をしてスープの具を頬張っている。

それは以前の私そっくりでなんだか心が温かくなる。沢山食べれるのって本当に嬉しいよね。

「リルちゃんには言っておきたくてここにきたの。実はね、今日から旦那と一緒に町の中に入って冒険者登録をするの」

「そうなんですね、おめでとうございます！」

町に入るお金と冒険者登録をするお金が貯まったんだね！　話を聞いてとても嬉しくなっちゃった。そっか、とうとう町の中に入るんだな。

「今日から町の中で働けるわ。子供は子供たちの輪に馴染んでくれたことだし、安心して町に行くことができるの」

「それは良かったです」

「それだけじゃない。集落に残った子供にお腹が減った時用にパンを頂いたりしたの」

「良かったですね」

周りの人たちが気遣ってパンを渡したみたい。これで心置きなく町で働けるようになったね。本当に良かった。

「周りの人たちが色々教えてくれたお陰でなんとか働いていけそうよ。働けるきっかけをくれて、本当にありがとう」

その女性がこちらを向いて底抜けに明るい笑顔を浮かべた。初めてみた時から随分と表情が明るくなってこっちまで嬉しくなってくる。

勇気を出して仕事に誘って良かったな。あのままいたんじゃ何も変わらないだろうし、何よりもお腹を空かせた子供が可哀想で仕方なかった。

「また家族で町に住めるように働いていくわ」

女性の言葉にドキリとする。

「私たちも難民脱却に向けて頑張っていくわね」

この人たちも難民脱却に向けて動き出すんだ。そう思った時、心の中でもやもやとした気持ちが生まれた。

ここにいるみんなは前向きに難民脱却に向けて動き出している。市民権を得るためにお金を貯め、町に住むために必要なお金を貯めている。

集落から出るために頑張っているのに、私は立ち止まってしまった。私が忘れてしまった気持ちを他の人たちは忘れずに持っているのが羨ましい。

みんなは考えないのかな、集落から出るのが嫌だって。協力し合って生きていくこの環境が温かいから抜け出したくないって。

少しも思っていないのかな。それだったら、なんだか寂しい気持ちになる。私だけがそんな気持ちになっているだなんて……。

「リルちゃん、どうしたの？」

「あ、いえ……ちょっと考え込んでしまって」

「何か悩んでいることがあるのかしら？」

「珍しいわね」

「聞かせてほしいわ」

私の言葉に反応して他の女性たちも話に入ってくる。この際、聞いてみたらどうだろうか？

「あの、今悩んでいることがありまして。難民脱却に向けて働くのはいいんですが、いざ集落を出ることになった日を考えたら……なんだか怖くなってしまって」

みんなは怖くないんだろうか？　今まで一緒にいた人たちと別れて、まったく新しいところで住むこと。気兼ねなく新しい環境に飛び込むことが本当にできるんだろうか？

言葉を待つ。顔色をうかがっていると、みんな神妙な顔付きになる。そのことについて思うことがあるのは誰だって一緒なんだって感じた。

なら、私と同じ気持ちだということだろうか。少しは集落に残ってもいいと考えてくれているのだろうか。

返答を待っていると、少しずつ声が上がる。

「確かに集落から離れて町に住むっていったら怖気づいてしまうね。ここは環境が厳しいけど、人は温かいと思っているから離れがたいわ」

「そうよね、いざそういう時になったら離れたくなくなっちゃうかもね」

ほら、私と同じ意見があった！　離れがたいのは私だけじゃないんだね。みんなだって同じように思っていてくれるんだ。

「でも、集落は出て行くと思う。だって、そのために今を頑張っているんだから」

「離れがたいけど、離れたくないわけじゃないわ。町に住むことが目標だからね」

次の言葉に私は愕然となった。集落を離れない、その言葉が聞けると思ったのに。その言葉に他の人たちが一様に頷いた光景を見て、さらに愕然となった。

だったら集落から出たくないって本当に思っているのは私だけってこと？　みんなは離れがたいって思っているだけで、本当は出て行くのには前向きってことなの？

そう、なんだ。いや、そうだよね。だって、そのために今を頑張っているんだもの、簡単に目標を履き違えることなんてしないよ。

周りの答えを知り、一人で落ち込んでいると周りから声がかかる。

「そんな顔しないでよ、リルちゃん。心配だわ」

「今すぐいなくなるってことでもないから、そんなに不安にならないで」

心配そうに声をかけてくれる。それだけでも心が温かくなって、集落をもっともっと離れがたく感じてしまった。

「ごめんなさい、心配かけて。もう、大丈夫です」

無理やり笑顔を作って、今だけ心に蓋をする。すると、周りの人たちは安心したような顔をしてくれる。うん、これでいいんだ。

ここの温かさを知ってしまったら、本当に離れがたくなる。みんなが優しくしてくれるほどに、私の心はこの場所に縛り付けられているみたいだ。

以前はこんなふうじゃなかった。ただ前に進むことができたのに、今はできなくなってしまう。

領主さまの話を聞いてからだ、私が止まってしまったのは。

誰かの助力があるからこそ生きていける境遇だと知ってしまったから、自分のできることを探した。その先で知った自分の気持ちに気づいたから、動けなくなってしまう。

気づかなかったら良かったのかな、そしたら何も知らないまま進めていたのかな。でも、知ってしまったから、あの頃のようには戻れない。

私はどうなっていくんだろう。

64　意外な同行者

配給を食べ終えた私は、後片付けを手伝い集落を後にした。集落から町へ、西門から南門へ移動する。南門に到着したがファルケさんはまだいなかった。

やっぱり早かったか。そう思った私は背を壁に預けてボーッと待つ。まだ行き交う人が少ない時間帯、空を見上げて時間が経つのを待った。

流れていく雲を見ていると、蹄の音と車輪が動く音が聞こえてきた。視線を下げてみると、南門へ向かって進んでくる幌馬車を見つける。

御者台には青髪の人が乗っていて、顔ははっきりと見えないがファルケさんっぽい。黙って待っていると、その人が手を振って声を上げる。

「おはよう、リル君！」

まだ遠い場所からそんなふうに大声を上げられた。なんだか恥ずかしい気持ちになって、体を縮こませる。

だんだん近づいてくる馬車を待ち、傍で停車してから声をかける。

「ファルケさん、おはようございます」

「今日からよろしくね」

「はい、よろしくお願いします」

「御者台は一人用だから、馬車の後ろから中に入ってもらっていい？　中に同行者がいるよ」

言われた通りに馬車の後ろへ行った。後ろから中を見てみると、幾つかの木箱が乗せられているだけでかなり広い。本当にこの中に必要な荷物が入っているんだろうか、と疑ってしまう。

取り付けてあった足かけに足を乗せ、馬車を掴んで体を片足で持ち上げる。空いた片足を馬車の中に入れると、次に体を馬車の中に入れた。

中は自分が立ち上がれるくらいの高さがあり広々としている。その馬車の奥に同行者の人がいた。体が小さいから子供みたいだけど、見覚えのある姿なような……。

「リルって、まさか本当にあのリルだったなんて」

聞き覚えのある声だった。同行者の人が振り向くと、顔が見えた。その同行者はなんとカルーだった。

「カルー!?　どうして？」

「どうしてって、お店のご主人の頼みでファルケさんのお手伝いに来たのよ。そういうリルだってどうしてこの馬車に？」

「依頼があったので受けてみたんです。まさか、同行者がカルーとは知りませんでした」

お互いに驚いている。するとファルケさんが声をかけてきた。

「えっ、どうしたの。もしかして二人とも知り合い？」

「うん、そうなの。一緒に働いたのが縁で友達になっている子なの」

「はい、友達です」

「へー、こういうことってあるんだね。同行者が友達だなんて、良かったじゃないか」

同行者が友達だなんて本当に驚きだよ。ということは、この旅はカルーと一緒に行くことになるんだね。それを考えると、楽しい気持ちがあふれてきた。

「まさか、こんなことになるとはね。リル、旅の最中もよろしくね」

「はい、よろしくお願いします」

二人で並んで座ると、お互いに笑顔になる。この旅が楽しいことになる予感がして、ワクワクが止まらない。

「じゃあ、出発するね。危ないから立つんじゃないよ」

「分かりました」

背中のマジックバッグを外して、中からクッションを取り出す。それを床に敷くとその上に座った。

「よし、出発だ」

ファルケさんが鞭で軽く馬の尻を叩くと馬車は動き出した。まずは石畳の道を進み南の門を出て行く。出て行くとすぐに石畳の道がなくなって地面がむき出しの道になる。

ガタガタと馬車は揺れて町を離れていった。

◇

馬車の旅は順調に進んでいった。特にやることもなかったので、隣に座っているカルーとお喋りをする。

「馬車ってこんなに揺れるものなのね。それにお尻が痛くなるわ」

「カルーはクッションを持ってきてないのですか？　もし良かったら私の使いますか？」

「そんなの悪いわよ。それはリルが持ってきたものじゃない、リルが使いなさい」

座っているだけなのにだんだん体が痛くなってくる。クッションが無かったらお尻は擦れて危ないことになっていた。カルーのお尻が心配。馬車の揺れが体力を奪っていくようだ。

「ふふっ、馬車の旅は初めてかい？」

唸っている声を聞かれてしまったみたい、恥ずかしい。くすくすと笑いながらファルケさんが話しかけてくれる。

「はい。座っているだけなのに、大変ですね」

「そうなんだよ、馬車に乗るって結構大変なんだ。もし座るのが辛かったら、外を歩いてもいいよ」

「我慢できなかったらそうさせてもらいますね。カルーはどうします？」

「外を歩くのもいいかもね。我慢できなくなったら、一緒に外を歩きましょう」

そっか、外を歩いても大丈夫なんだ。まだ大丈夫そうだし、我慢できなくなったら外を歩いてみよう。馬の歩幅だから、ちょっとした早歩きになりそうだけど。

「そういえば、荷物が少ないですね。もっと沢山積んでいると思ってました」

「私も思ったわ。行商って聞いていたから、もっと馬車が連なっていると思っていたわ」

「マジックバッグを使っているからね、馬車の中はそんなに荷物が入っていないんだ。それでもマジックバッグに入らなかった物は馬車に置いているけどね」

そうか、マジックバッグを使うんだったら馬車の中に物を置かなくても大丈夫だよね。そのほうが馬の負担も少ないし、歩みも速くなるはずだ。

「マジックバッグって、あれよね。沢山のものが入る魔法のアイテム。とても高いって聞いたわ」

「そうなんですよ、高いんです。少し荷物が入らない程度では買い足しませんよね」

「そうそう、あればいいんだけどそう簡単には買い足せないしね。それにマジックバッグは消耗品だから、いつか買い換えることも考えないといけないのが辛いところだよ」

マジックバッグって消耗品なんだ。あの魔法の力は永久ではないってことかな、そんなことなんてあるんだ。まだまだ知らないことがあるなぁ。

「使っていると魔法の力が衰えていくからね。ほら、マジックバッグの中古品ってあるだろ？　あれも機能が落ちたから売りに出されたものなんだよ」

「そうなんですね。私のマジックバッグも中古品で、機能は中くらいでした」

「機能が中くらいなら、売ったのは商人だろうな。買い替えが早い方が高く売れるし、その分売ったお金で新しいものを安く買えるようになるからね」

高く売れる内に売るか、その辺りは商売人なんだなぁ。そうすると中古品に並んでいた機能が低いのって、冒険者が買い替えのために売ったものなんだろうか。

私のマジックバッグも高く売れる内に売った方がいいのか、それともギリギリまで使い倒すか……悩むな。使っていればその内買い替えるきっかけに出会いそうだから、今はこのままでもいいかな。

「私のマジックバッグは早めに売ったほうがいいんでしょうか」

「高い買い物だし、そんなに無理して売る必要はないと思うわよ。使い倒すつもりで使ってもいいんじゃないかしら」

「売ることを考えないで、そういうふうに使うこともできますね。うーん、悩みますね」

「そんなに早く決めることはないわよ。じっくりと考えるといいわ」

うーん、タイミングが重要だね。まず私がどうしたいか決めてからだね。

カルーと話していると、ファルケさんが振り向いてきた。

「もう少ししたら休憩がてら昼食にしよう」

「そうですね。私が御者台に乗ればファルケさんも楽できたのに、ごめんなさい」

「私も乗ったまま何もできずにごめんなさい」

「いやいや、気にしないで。御者は僕の仕事なんだ。まぁ、時々奥さんがやってくれることもあったけどね」

ということは、奥さんが魔物討伐の役目も担っていたことになるのかな？　商売もできて魔物討伐もできる奥さんか、どんな奥さんなんだろう……気になる。

「奥さんが魔物討伐とかもしてくれていたんですね」

「凄い奥さんなのね。もしかして、冒険者だったのかしら」

「そうなんだよ、元々冒険者だったんだけど僕が一目惚れしてね、結婚して冒険者をやめさせちゃったんだ。でも、その経験を活かしてくれて行商の手伝いをしてくれているんだよ」

ファルケさんは奥さんについて熱く語りだした。語るっていうか、ほとんどノロケだったけどとても楽しそうに話してくれる。

それを聞いていたらあっという間に昼食の時間になった。道を外れたところに馬車を移動させて、ファルケさんは馬車から降りると馬を幌馬車から外す。

「カルー君、木箱の中から緑色のマジックバッグを取ってくれないかい」

「分かったわ」

馬車の中にいたカルーは木箱の中から緑色のマジックバッグを探す。ガサゴソと探し出すと、見つかったみたい。

慎重に馬車の後ろに持っていき、一度床に置く。それから馬車から降りて、再びマジックバッグを持ち上げてファルケさんのところまで持っていった。

「持ってきたわ」

「ありがとう、地面に置いて。今、こいつに水と食事をあげるから、その後に昼食にしよう」

地面にマジックバッグを置くと、ファルケさんが中に手を入れてバケツを取り出した。次に重そうにして小さな樽を持ち上げる。

「私が持ちましょうか」

「あぁ、助かるよ。このバケツに水を入れてくれないか」

樽の栓を抜き、バケツに水をたっぷりと注ぐと、バケツを馬の前に置いた。すると、それに気づいた馬がバケツに顔を突っ込んでゴクゴクと飲み始める。

次にファルケさんがマジックバッグから大きな袋を取り出す。その中に手を突っ込むと、枯草が出てきた。その枯草をバケツの横に積んだ。

「よし、こいつはこれで完了。僕たちも昼食を食べよう」

ファルケさんがマジックバッグに手を突っ込むと、大きなシートが出てきた。

「あ、私が敷きますね」

「よろしく頼むよ」

ファルケさんからシートを受け取り、草の上に広げる。しわがつかないように、端を引っ張って
……うん、いい感じだ。

それからシートの上に脚と蛇口がついた樽を設置して、シートの上に腰を下ろす。ファルケさんにコップと紙に包まれたサンドイッチを貰った。

「このサンドイッチ、妻の手作りなんだ。とっても美味しいよ」

「そうなんですね、いい奥さんですね」

「とても美味しそう。料理上手な奥さんなのね」

手作りのサンドイッチか、美味しそうだ。蛇口からコップに水を入れ、三人でシートの上に寛ぎながらサンドイッチを頬張る。

酸味と甘みを感じるソースが塗られた野菜たっぷりのサンドイッチは美味しかった。

65　行商クエスト

昼食と休憩を終えた私たちは再び馬車に乗り道を進む。

私は馬車の後ろからカルーと一緒に景色を眺めている。町を離れて大分経ったから、そろそろ魔物が現れる地域に突入したらしい。魔物に襲われないように前はファルケさんが確認して、後ろを私が確認する。

ガタゴトと揺れる馬車から眺める光景はとても新鮮だ。討伐の時も景色は見ることがあるけど、こんな風にゆっくりと見ることなんてない。

ゆっくりと流れていく景色を見ると心が穏やかになっていく感じがした。朝、あんなに心を乱したのに、心の疲労が癒えていくようだ。

「なんか、今日のリルは大人しいわね」

隣で一緒に後方確認をしてくれているカルーが話しかけてきた。こちらを見て、穏やかな笑みを浮かべているが、その目は心配そうに揺れているように見えた。

「何かあったの？　私で良ければ話を聞くわ」

「えっと、その……」

カルーに言ってもいいんだろうか？　でも、カルーになんて相談をしようか。なんて言えばいいのか悩んでしまう。

「なーに、私に言い辛いことなんてあるの？」

「まぁ、なんて言ったらいいか分からなくて」

「そんなの思ったことを言えばいいのよ」

「思ったことをそのまま言うって難しいですよ」

「あら、そうかしら。私はいつも言っているわよ」

「ふふっ、本当ですか？」

「えぇ」

何気ない会話なのに、それがなんだか楽しい。そのおかげで心が少し軽くなった。今なら言えそうな気がする。

「みんなは集落から出るために頑張っているんだな、と改めて知ったんです。それがちょっとだけ寂しく思えてしまって」

言葉が零れてしまった。分かっていたけど、分かっていなかったな。そうだよね、みんな集落から出て町で暮らしたくて頑張っているんだ。今更それを変えようとはしないだろう。

少しでも集落に残りたい、って思ってくれるんじゃないかって期待したけど、無理だったみたい。いや、うん……そうだよね、そうだよ。

「集落で暮らしている人がどんなことを考えているか知らなかったけど……そうなのね、集落を出たいと思っているのね。そうすると、リルはどうしたいと思っていたの？」

「私は……私も集落を出ることを目標にしてきました。でも、いざそのことを考えると、居心地のいい場所を離れがたく感じてしまったんです」

「なるほどね、集落のみんなは前向きに集落を出ることを考えていたんだけど、リルはそうじゃなくなったわけだ」

集落に残りたい、そんな気持ちがあった。おかしいのはみんなじゃなくて、私のほうなんだなって強く思った。

今まで頑張ってきたことを否定するような考えになっちゃったのは、私の弱い心が原因だ。手に入れたものを手放すのがこんなに辛いことだったなんて、分かっていなかった。

ようやく手に入れてた平穏は私を優しく蝕んでいて、気づけばそこから抜け出せなくなった。いつまでも優しさに浸かっていたい、そんな弱い自分がいたことを知る。

「リルはずっと集落にいることを望んでいるの？」

「ずっとは……望んでいないです。いつかは出ないといけないのは分かっていますが、そのことを考えると苦しくなって」

抜け出せばいい。分かっているのに、それができないから苦しんでいる。だって、今を続けても何も支障がないんだもの、ただそれで得られない物はあるだけで。

欲しいものにもっと貪欲になれば抜け出せるのかな。絶対にあれが欲しい、絶対に町に住みたい。強く思うけど、心はまったく動かない。

「そっか、それだけリルにとって集落の暮らしは魅力的なのね。両親のいないリルにとって、集落の人はいなくなった両親の代わりに頼れる人。だから、余計に離れがたいんだと思うわ」

「集落のみんなが両親の代わり……」

「私が孤児院にいた時はシスターが親代わりをしていたわ。頼りになる人から離れようって考えた時は心細くなるものよ。だから、リルの気持ちは分かるわ。それはおかしな気持ちじゃなくて、まともな気持ちだと思うわ」

そっか、私はおかしくないんだ。この気持ちになること自体普通のことなんだ。

今の私にとってそれだけ集落での暮らしは魅力的なんだろう。朝の配給を楽しく食べて、町までの移動中におしゃべりをして、誰かが自分のためにお手伝いをして、私も誰かのためにお手伝いをする。

その関係性の温かさは中毒のようだ。はじめはありがたい気持ちだけだったのに、知らない内に気持ちが少しずつ大きくなっていった。

それがいつの間にか自分にとって無くてはならないものになったのはいつだったんだろうか。数週間前、数か月前……考えても分からない。

「その顔だと、まだ気持ちの整理がついてないのね。今は辛いかもしれないけれど、きっと気づく時がくるはずだわ。その時まで一緒に悩んであげるわ」

気持ちは簡単には変わらないし、弱い心はすぐには強くなんてなれない。いつか変われるなんて全然思えなくて、焦燥感にかられる。

「はぁ」

「もう、そんな顔をしないの。今度はどうしたの？」

カルーが傍にいてくれるのに、ため息が出てしまう。いくら悩んでも答えは出なくて、今では何も知らなかった頃が羨ましく感じた。でも、だからといって知らなければ良かったなんて思わない。

「集落に住んでいる難民は領主さまの援助のお陰で成り立っています」

「へぇ、そうだったのね。そうよね、援助がなければあそこで生活をするなんて無理な話よね」

難民がどれだけの人の力を借りて、集落で生活できているのか知れて良かった。そして、領主さまが先導したお陰だと知って、恩返しになんでもいいから力になりたいと思えたことを否定したくない。

領主さまがいい人で本当に良かった。今の領主さまじゃなかったら今の私は生きていなかったのかもしれない。そう思うと、巡り合わせに心からの感謝はできた。

「すごく感謝をしているのですが、何も恩返しできない自分が歯がゆくて仕方ないんです」

「リルは恩返しをしたい、て思っているのね。それはとても素敵なことだわ。私もね、育ててくれたシスターにはもの凄く感謝をしているし、恩返しをしたいと思っているわ」

「カルーはその恩返しができなかったらどうしますか？」

「そうよねぇ……きっともどかしくて耐え難い気持ちになると思うわ」

「私もそんな感じなんです」

集落を出てコーバスに行って、恩返しのためにクエストを完璧にこなす……それができない。折角見つけた自分だけの恩返しだったのに、立ち止まってしまった。

難民なんかがそう思うことがおこがましいのかも。与えられるままで良かったのかもしれない。恩返しだなんて大それたことを考えない方が良かったのかもしれない。

「この気持ちを忘れたら、スッキリするんでしょうか？」

捨てたいのに簡単には捨てられない気持ち。いっそ、捨ててしまった方がいいんだろうか？

すがるような目でカルーを見ると、カルーは優しく微笑んでくれた。

「その気持ちは簡単には捨てられないわ。きっと、捨てても戻ってくるものよ」

捨てても戻ってくるなら、ずっとこのままだろう。こんな気持ちを抱えたままいるなんて、なんて辛い思いなんだ。

小さな熱となって残った気持ちはじりじりと胸を焦がすようだ。焼き切るほどでもなく、燃やし尽くすほどでもない……小さな熱だ。

この思いを背負ったままこのままいくんだろうか？

「リル君」

ファルケさんの声にハッと我に返る。

「前方にゴブリンが三体出てきた。頼めるかい」

「……はい！」

仕事の時間がきたようだ。悩んでいた事を忘れるように頬を叩いて気合を入れた。

「リル、気を付けて！」

カルーの声援を受けて止まった馬車から飛び降りると剣を抜き、馬車の前方に駆け寄る。前にいくとDランクのゴブリンが道を塞いでいた。

「私一人で大丈夫です。馬車の中で隠れていてください」

「分かった」

「任せたわよ、リル！」

馬車の前に立ち、剣を構える。大丈夫、いつも通り戦えばいい。

◇

あれから二回の戦闘を挟んだ。特に苦戦はしなかったが、馬車の進行が止まるのが大変だった。馬も魔物が怖いのか、一旦止まると中々動き出さない。

落ち着かせるために撫でたり、水を与えたり、餌を与えたりした。予定していた日に村に辿り着かないんじゃないか、と心配したが予定通りに進んでいるらしい。

馬が止まることも計算してのあの日程だったらしく、そのことにホッとした。馬車は夕暮れになるまで動き続ける。

真っ赤に染まる空を見上げる。本来なら夕食を食べている時間なのだが、今日は違う。自分のお腹が小さく鳴る音がする。

「見えてきたよ。あの木の下まで行こう」

どうやら予定していた場所があったらしい。後ろからでは見えないが、今日は木の下で過ごすらしい。馬車の中で到着するのを待つ。

馬車は道を外れて進み、しばらく進むと止まった。

「着いたよ。木箱を全部外に出してもらえるかな」

「分かりました」

「分かったわ」

ファルケさんの言葉を受けて動き出す。馬車に乗せられていた木箱を後ろのほうに移動させる。

次に馬車を降りて、一つずつ木箱を降ろしていく。

作業はあっという間に終わりやることが無くなった。ファルケさんを見ると、馬を木に繋いでいる。

「この子に水と餌を与えるんですよね。やりましょうか？」

「あぁ、お願いできるかい。僕は夕食の準備をしているね」

「はい」

木箱に近づき緑色のマジックバッグを出す。

「あ、そのマジックバッグ地面に置いておいてくれないかい？」

「分かりました」

言われた通りにマジックバッグを地面に置く。その中からバケツ、餌の枯草、水の入った小さな樽を出す。それからバケツに樽から水を注ぎ入れた。

バケツを持って馬に近づくと、馬が水の存在に気づいたのか顔を上げる。

「お待たせ、水だよ」

馬の目の前にバケツを置くと、馬はすぐに頭を突っ込んで水を飲み始めた。次に枯草を取りに行き、バケツの隣に山にして置いておく。

ゴクゴクと水を飲む馬の首を手で擦って上げる。

「今日は一日お疲れ様。明日もよろしくね」

そういうと馬は鼻を鳴らした。まるで返事を返されたようでちょっと嬉しくなる。馬を労うようにもう一度首を擦ってあげた。

◇

辺りを見渡すと日は沈み、薄暗くなってくる。ふと、馬車のほうを見てみると昼のように明るく照らす灯りがあった。

あんな灯り初めて見た。なんだろう？　不思議に思いながら馬車に近づくと、その光は一つのランタンが灯していた。

地面に突き刺した棒の先で吊るされるランタンは火の灯りではなく、前世でよく見かけた電灯の灯りに似ている。じっと見ているとファルケさんに笑われた。

「それが珍しいかい？　カルーと同じ反応をするね」

「はい。灯りって言えばろうそくとかの灯りだと思ったんですけど、これはそれとは違いますね」

「魔石に光の魔法を入れたランタンみたいよ」

「魔石に光の魔法を？」

初耳だ。今まで魔石に込めるのは魔力だけだと思ったけど、魔法自体も込めることもできるんだ。

ファルケさんはランタンに近づいて中を見せてくれた。ランタンの中は中央の台に魔石がはめ込まれており、そこから光を放っている。

まだまだ知らないことがいっぱいあるんだな。以前働いたところでは魔力だけだったけど、魔法も込めていたんだろうか？

「私たちはもっぱらロウソクの火を使っていたから、こういう魔道具は珍しいよね」

「はい。魔道具も初めてみましたし、こんな便利なものがこの世にあるんですね」

「だったらこれも知らないかな。発火コンロ」

手招きされてついていくと、地面の上に置かれたものを指さされる。それは丸い形をした台で鉄でできているようだ。台の表面には四つの魔石が埋め込まれており、側面にはボタンみたいなものが一つだけついていた。

「この突起を押すと」

ファルケさんがボタンを押すと、台の表面についていた魔石が燃え始めた。前世でよく見たコンロにそっくりだ。

「火が出たわ！　どうしてそんなことができるのかしら」

「凄いだろ？　突起を回すと火の勢いも調節できる。これがあれば焚火の用意をしなくても済むんだ」

「ランタンとコンロ、旅にピッタリな道具ですね」

「荷物が減るのと、時間短縮にはもってこいさ。まぁ安いものじゃないし、維持費も結構するからそこが大変かな」

そう言いつつ、小さな鍋をコンロの上に置いた。その中には野菜やお肉が入ったスープが入っており、コトコトと煮立たせる。

「そうだ、これも知らないかな。旅の必需品、消臭香」

袋の中から黒い塊を出してきたけど、それがなんなのか全然分からない。

「消臭ってことは匂いを消すってことですよね」

「なんの匂いを消すのかしらね」

「こいつを焚くと食べ物の匂いや体臭の匂いを消すことができるんだ。匂いに釣られて魔物が現れることもあるから、こいつを焚いて僕たちの匂いを消して存在を隠すんだ」

消臭香をコンロの火に近づかせると、煙が立ち込めた。それを地面の上に置くと、煙が一本高く昇っていく。

「これで安心して寝ることができる」

「見張りとか必要ありませんか？」

「見張りはいるよ、馬さ。あいつは繊細だから、寝ている時に魔物が近づいてくると教えてくれるんだ」

へぇ、そうなんだ。教えてくれるだなんて賢い馬さんなんだな。

「どんな風に教えてくれるんですか？」

「あー……髪を食って引っ張ってくるんだ」

「結構強引なのね」

「まぁ、起きれないよりはいいよね」

そっか髪の毛を食べられちゃうのか……どうか魔物が現れませんように。

三人で他愛もない話をしていると、スープが煮立ってきた。ファルケさんはボタンを押して火を止めると、袋の中からお椀を取り出す。それから鍋を傾けてお椀にスープと具を注ぎ入れた。

「はい、お待たせ」

「ありがとうございます」

お椀とスプーン、それにコップを受け取る。カルーにも同じように渡すとファルケさんは鍋の取っ手を持つ。そのまま食べるらしい。それから水の入った脚つきの樽からコップに水を注いだ。

「このスープは買ってきたものなんですか？」

「そうなんだ。妻も体調悪くて作れなかったし、僕も商品の買い出しとかで忙しかったしね。さぁ、食べようか」

「いただきます」

「いただきます」

わざわざ買ってきてくれたものだったんだな、ありがたい。早速スプーンでスープや具をすくって食べ始める。空腹だったからすごく美味しく感じるな。

三人でおしゃべりしながら食べ進めていき、食べ終わる頃には周囲は暗闇に包まれた。ランタンの灯りだけが馬車の周りを明るく照らしてくれている。

「ごちそうさまでした。食器を洗いたいんですけど、水とかですすぎ洗いしても大丈夫ですか？」

「それなら、緑色のマジックバッグに水が入った小さな樽と洗う用の布があったから、それを使って」

「分かりました」

「リル、私も手伝うわ」

地面に置きっぱなしのマジックバッグに近づき、中を漁る。えーっと、あった樽。あとは布……

布……これかな？

「ファルケさん、布ってこれでいいですか？」

「あー、それそれ」

「あ、ファルケさんの鍋とスプーンも一緒に洗っちゃいますね」

「助かるよ」

ファルケさんから鍋とスプーンを受け取った。馬車から少し離れたところまで二人で移動すると、樽から水を出して食器をゆすぐ。それから布を濡らして食器を洗い始めた。最後にまた水でゆすぐと完了だ。

さて、あとは食器をどこにしまうか、だね。一度ファルケさんの所まで近づくと声をかける。

「あの食器とかも緑のマジックバッグに入れておきますか？」

「うん、そうだね。あ、この袋の中に食器を入れておいて」

それから緑のマジックバッグに物を全部入れ終えた。するとファルケさんも残った道具を緑のマジックバッグに入れて片づける。あっという間に、外にはランタンと消臭香だけとなってしまう。

「そういえば、着替えとかする？」

「明日になってからしようと思います」

「分かった。なら馬車の中でするといいよ。その時僕は外にいるからね、安心して」

「ありがとうございます」

もしかしたら魔物が現れる可能性もあるから、いつでも飛び出せるような格好でいたいしね。三人でランタンの近くで腰を下ろしてお喋りをする。

「馬車の旅はどうだった？」

「馬車ってこんなに揺れるものだとは思わなかったから、そこが大変だったわ。結構体が痛くなるのが難点よね」

「自分で歩かないから楽かな、と思ったら違いました。揺れるのがこんなに疲れるだなんて思ってもみませんでした」

「そうだろうね。前にも言ったけど、辛かったら馬車から降りて歩いてもいいからね」

「はい、その時はそうさせてもらいますね」

「私もそうさせてもらうわ」

全然動いていないのにお腹も減ったしね、馬車の旅は体力がいるな。そういえば、町から離れて泊まるのって初めてだよね。

つい、その不安な気持ちが零れる。

「今回初めて町から離れて泊まるので……ちょっと不安ですね」

「私も初めてだわ。なんだか考えると不安になってきちゃうわね」

「そっか、普段は町で働いていたり、近くで魔物討伐をしていたんだよね。離れるのは怖いと思うけど、意外と呆気なかったりするよ」

「ファルケさんは初めての時はどうだったんですか？」

「僕は先のことを考えてワクワクしたね。怖いものって思っていなかったからなのか、すんなり適応できたと思うよ」

人によって離れる時に感じるものは違うんだな。私は集落のことばかり考えているから、離れた時も考えてしまって寂しくなるんだろう。

でもファルケさんは先のことを考えているから、寂しくなかったんだな。私も先のことを考えていたら、寂しくなくなるのかな。

「大丈夫よ、リル。私がついているじゃない」

「カルー……そうですね、二人だと心強いです」

「そうよ。初めて同士、仲良くやりましょう」

こういうの初めてだから気持ちが定まらない。けど、今はカルーと一緒だからその寂しさが薄れていくようだ。カルーがいて、本当に良かった。

「おかしいね、昼はあんなに活躍してくれてそんな気配なんて感じなかったのに」

「昼はお仕事でしたし、気持ちを切り替えてます」

「それは頼もしいな。旅はまだ続くんだ、気楽になってくれたら嬉しいよ」

そっか、もっと気楽にいたら良かったのかな。難しく考えてしまうから、色々と不安が出てきてしまったのかもしれない。ファルケさんみたいにこの旅が楽しめればいいな。

そして、誰かと一緒にいて語らう初めての夜は楽しく過ぎていった。

◇

昇った朝日を前に大きく背伸びをする。

「んーーっ」

はぁ、朝日が気持ちいい。森の中だと体いっぱいに朝日を浴びることなんてないから、ポカポカして気持ちいいな。

「おはよう、リル」

「カルー、おはようございます」

朝日を浴びているとカルーが近づいてきた。

「昨日はしっかりと寝られた？」

「はい、意外と疲れていたみたいでぐっすりでした」

「そう、ならいいわ。今日も護衛をよろしく頼むわね、冒険者さん」

「はい、任せてください」

カルーに頼られるのは、嬉しいな。よし、今日もお仕事を頑張ろう！

二人で朝食の準備をしているファルケさんに近づいた。

「馬に水と餌をやりにいきますね」

「よろしく頼むよ」

緑のマジックバッグから小さな樽と枯草を取り出す。それを持って木に繋がれている馬に近寄った。バケツの中に樽から水を入れて、隣に枯草を置く。すると、馬はバケツに顔を突っ込んで水を飲み始めた。

「よしよし、今日もよろしくね」

「よろしく頼むわね」

首を撫でてその場を離れた。ファルケさんのところに戻るとすでに朝食は用意されていた。昨日とは違うスープとパンだ、ありがたく食べ始める。

会話をしながら朝食を食べるとお腹が満たされた。昨日と同じく食器を洗い、緑のマジックバッグに入れて戻す。

「さて、出発しようか。僕は馬を馬車に繋げるから、リル君とカルー君は荷物を馬車の中に入れてほしい」

「分かりました」

「分かったわ」

ファルケさんが離れると私たちも動き出す。昨日馬車から下ろした木箱を再び馬車の中に入れる。この木箱は中々に重くて持ち上げるのが大変だ。

「カルー私が下から持ち上げるので、カルーは上で木箱を受け取ってください」

「分かったわ、任せなさい」

落とさないように慎重に馬車の中に入れていき、全部入れ終えると今度は馬車の中に入って木箱を整頓する。昨日と同じようになるよう木箱を積み上げた。

馬車の中から御者台の向こう側を見てみると、ファルケさんが馬を繋ぎ終えていた。そのファルケさんが御者台に座ると、後ろを振り向く。

「じゃあ、出発するよ。座っていて」

「はい」

クッションを敷いたところに座ると、鞭で叩く音がした。始めはゆっくりと動き出す馬車。次第に速くなり、いつもの速度に変わる。馬車は道へと戻ると村に向かって進み始めた。

◇

馬車は順調に進んでいく。ずっと馬車の中で座っているのも退屈だし、体も痛くなるのでカルーと外に出てみた。馬車の後ろから辺りの景色を眺めながら歩いていく。

いつもの仕事とは違うのんびりとした時間のお陰か心が穏やかなままだ。毎日忙しなく働いているせいか、なんだか手持ち無沙汰な感じがする。

景色を眺めてお喋りをしながら進んでいると、遠くにいくつかの家屋が見えてきた。村はまだのはずだけど、あれはなんなんだろう。

「家がありますね、なんでしょうか」

「なんだか様子がおかしいわね」

進んでいくとその家屋の姿がはっきりと見えてくる。崩れた屋根や壁、家屋の中から生える草や木。それは明らかに人が住んでいない家屋に見えた。

それが一つならともかく、視界に入る家屋全てが同じような有り様だった。遠くから見てもそこに村があったように見える景色に少しだけゾッとする。

あれが何か気になって馬車の前に行くと、ファルケさんに話しかけた。

「ファルケさん、あれってもしかして……村、だったものですか？」

「ん、あぁあれか。あれは数年前に小規模のスタンピードで滅んだと言われる村さ」

スタンピードで滅ぼされた村跡ってこと？

「大規模や中規模のスタンピードなら前兆が分かりやすいから対応できるけど、小規模のスタンピードは前兆は小さかったり無かったりして気づかれないことが多いんだ」

「前兆ってどんなものなんですか？」

「赤霧が発生するんだ。それがなんなのか分からないけど、瘴気《しょうき》が可視化されたものだと言われているね」

スタンピードに前兆なんていうものがあったなんて知らなかった。これは忘れないように覚えておこう。

「多分、この一帯に赤霧が発生してスタンピードが起こってしまったんだろう。赤霧発生を見逃してしまってこんなことになったんだと思う」

「分かりやすい前兆なのに見逃してしまったんですね」

「赤霧が発生した場所が離れたところだったから見逃してしまったんだと思う。分かりやすく村に発生すればいいんだけど、そんな上手い話はないだろう？」

瘴気があるところには魔物がいるっていうけど、瘴気が魔物を生み出しているのかな？　でも、そうだとしたらどうやって魔物は生み出されているんだろう。

「魔物ってどこから現れるんでしょうか？」

「さぁ、どこからだろうね。僕が聞いたところによれば瘴気から生まれているとか、魔物が沢山いる異世界に通じている何かがあるとか。そんな話を聞くけど、何が正しいかなんて誰にも分からないさ」

「魔物って未知の存在なのね」

「どこかで生まれて、増えて、僕たちの居場所を奪っていく敵だからね。その数を減らすために冒険者がいるんだろう？」

魔物のことは誰も詳しくは知らないらしい。でも、実は解明されていて事実を公表したくないから伏せているっていう可能性もある。

私たちにとって未知の生物の魔物は本当に厄介ものだ。いくら倒してもどこからが湧いて出てくるし、減った分だけ増えている可能性もある。

冒険者はそんな未知の生物の対抗手段の一つだ。スタンピードを起こさせないために、日常的に冒険者に魔物を狩らせている。もちろん、国も騎士や兵士を使って魔物を討伐したりしている。

そうすると一つの疑問が浮かんでくる。スタンピードを起こさせないために魔物を狩ることは、そんなに効果的じゃないんじゃないかって。

だって、結局は赤霧が発生したらスタンピードが起こるんだから、あんまり意味がないんじゃないかって思ってしまう。魔物が増えると赤霧が発生してスタンピードが起こるって考えれば少しはスッキリするけど。

スタンピード、赤霧、瘴気、魔物……これらの関係性ってどう繋げていけばいいんだろうか。なんだか話がややこしくなってきた。

「冒険者が魔物を倒すのはスタンピードを抑えるためって、講義の時に聞きました。でも、スタンピードって赤霧が発生してから起こるものだから、あんまり意味がないんじゃないかって思っちゃいます」

「小規模なら前兆が無い場合もあるって言ったろ？　僕の考えだと、普段冒険者が魔物を狩らないとそんな前兆のないスタンピードが起こってしまうんじゃないかな」

そっか、前兆のないスタンピードだってあり得るんだ。第一は魔物を氾濫させないために、日常的に魔物を討伐することだ。

記憶はないけど、私もスタンピードで町を追われてしまった。今、幸せに町に住んでいる人たちが居場所をなくさないように、私と同じにならないように魔物討伐も頑張っていきたいな。

「今までお金を稼ぐためっていう意識で魔物討伐を頑張ってきましたけど、改めて冒険者の存在意義みたいなものを確認できました。うん、スタンピードを起こさせないために頑張らないと」

「リルだけが頑張っても無駄よ。全ての冒険者がそういう考えをもって頑張らないと防げないと思うわ」

「ふふっ、そうだね。僕みたいに非力な人は冒険者に頼るしかないから、頼んだよ」

「はい！　魔物が襲って来たら、逃がさないように全滅させてみせます」

「リル、それは言い過ぎよ」

「おー、頼もしいやら怖いやら」

カルーにたしなめられ、ファルケさんは笑って冗談を言ってくれた。

「後ろに戻りますね」

「あぁ、魔物に襲われないように見張りをよろしく頼むよ」

「はい！」

私たちはその場で立ち止まり馬車が前に進むのを待つ。それから馬車の後ろが目の前に来ると、その後を追うように歩き始めた。

「やっぱり魔物って怖い存在よね。そんな怖い存在と戦っているリルって凄いわ。なんだかかっこよく見えちゃうわね」

「えへへ、そうですか？　なんだか照れ臭いです」

「こんなに呑気に笑うのに、戦いの時はしっかりしているんだから。凄いわよ、リルって」

そんなふうに他愛のない会話をしながら、私たちは進んでいった。

◇

「村が見えてきたよ」

馬車の後ろで魔物を警戒している時にファルケさんから声がかかった。ゆっくりと立ち上がり馬車の前に移動して、御者台の向こう側を見る。

道の左右に分かれて家屋が立ち並んでいて、久しぶりに人がいる気配を感じた。

「そうだ、ちょっと緑のマジックバッグをとってよ」

「分かりました」

木箱の中を漁り緑のマジックバッグを取り出す。それをファルケさんに手渡すと、中から小さな太鼓とばちを出した。

「馬車から降りてこの太鼓を鳴らしながら歩いてほしい。これで商人が村に来たことを知らせているんだ」

太鼓とばちを貰うと早速馬車の後ろから外に出て、馬車の前へと移動した。しばらくは村から離れているので太鼓を鳴らさない。

だんだんと家屋に近づき、あと五十メートルというところで太鼓を打ち鳴らす。トン、トンと音が村に広がっていく。その音を鳴らしたまま村の中へと入って行った。

はじめは何も反応がなかった。それでも音を鳴らして進んでいくと、どこからか人の視線を感じ始める。気になって周りを見てみると、人がいた。

窓を開けてこちらを見る人、ドアを開けてこちらを見る人、離れたところからこちらを見る人。探してみると沢山の人が私たちを見ていて驚いた。

そのまま道を進んでいくと、大きな広場が見えてくる。

「いつもあの広場を使わせてもらっているんだ」

「広場で商売をするんですね」

「うん、そうだよ。僕はカルー君を連れて村長の家に行ってくるから、リル君はこのまま道を進んで太鼓を鳴らして僕たちが来たことを知らせて。道を進んで家屋がなくなったら、この広場まで戻って来てね」

「広場で集合ということですね、分かりました」

広場に入るとファルケさんは道をそれて違う方向へと進みだした。私は言われた通りに道を進みながら太鼓を鳴らし続ける。すると、また視線を感じ始めた。

そんな視線を受けながらずっと進んでいく。誰にも話しかけられないまま村の端まで辿り着いた。それから振り返り、広場へと戻っていく。

ここまで村の様子とか見てみたけど、思ったよりは人が少なかった。家屋は百くらいありそうだけど、それに比べて人が少ないと思う。

まだ昼を過ぎたばかりだから、畑仕事にでも行っているのかな？　そうすると行商が来たって分からないかもしれない。

うーん、それとも誰かが教えてくれるのかな。村のことはよく分からないや。

そんなことを考えている間に広場まで戻ってきた。辺りを見渡すが馬車の姿はなく、戻って来ていないことが分かる。仕方がないので、広場で立ってファルケさんを待つことにした。

◇

「お待たせ、さぁお店を開こうか、馬車の中に入っている木箱を全部外に運び出して」

「さぁ、私の出番ね。ほら、リルもちゃっちゃと動くわよ」

「は、はい！」

あれからすぐにファルケさんは戻ってきた。馬車を広場に止めると早速行動を開始する。木箱を馬車の中から全て降ろすと、ファルケさんが近づいてきた。

「まず布を敷いて、その上に商品を並べる。えーっと、これだ。端を持ってもらえるかい？」

「はい」

手渡された布を広げていくと、かなりの大きさになった。その布を端を引っ張ってしわを伸ばし、地面に優しく敷く。

もう一枚手渡されて、同じように広げて、同じように隣に敷いた。かなりの面積になったけど、こんなに商品を並べるんだろうか？

「リル君とカルー君はこのマジックバッグの中身を並べてほしい」

手渡されたずっしりと重いマジッグバッグ。それを地面に置くと、中に手を入れて商品を取り出していく。端から順番に綺麗に並べるが色んな大きさの商品があって、配置とか考えるのが大変だ。

「これはここね。これは、ここ。ほら、リルも早く並べちゃいなさい」

「流石はカルー。手際がいいですね」

「そりゃあ、商品並べるのは私の仕事みたいなものだし当然よ」

カルーはとても手際よく商品を並べている。ジーッと見ていると「見てないで手を動かす」と注意されてしまった。

頭を悩ませながら配置を考えて、商品を見栄えよく置いていく。

「お、いい感じだね。その調子で頼むよ」

「ありがとうございます」

良かった褒められた。この調子でどんどん商品を並べていく。ちょっと楽しくなってきた。

「いい感じに並べられたわね。そっちはどう？」

「終わりました」

時間はかかったが並べ終えることができた。ファルケさんは私が配置した商品を見て、強く頷く。

「うん、いいね。あと、これが価格表ね。これを見ながら会計をしてもらってもいいかな」

手渡された紙の束を見てみると、商品名の隣に価格が書かれてあった。だけどおかしい、価格が二つ書かれていてどちらが正しいのか分からない。

「あの、二つの価格が書いてあるのですが」

「左に書いてあるほうが定価で、右に書いてある方が値切りの限界価格っていうところかな。値切ってくる人もいるから、その価格を基準にして対応してほしい」

「なるほどね、これは分かりやすいわ」

確かに、値切ってくる人も出てくるよね。この価格が限界価格っていうんだから、これ以上値切られないように話をつけないといけないんだね。うぅ、難しそうだ。

「カルーは値切られたらどうします？」

「出来るだけ定価に近い値段に収まるように話をつけるわ。商売に関わる者として負けていられないわ」

カルーのやる気が凄い。私も負けないように、イメージトレーニングをしないとね。

えーっと、値切ってほしい価格を聞いてそれから価格を伝える。でも、すぐに限界価格を伝えるんじゃなくて、始めは少し高めに提示してそれから価格を徐々に下げていくって感じかな。

「難しそうですね」

「始めはそうかもしれないけど、慣れてくるとそのやり取りも楽しくなるよ」

「これは勝負よ。リル、負けないようにね」

そういうものなんだろうか。とにかく、失敗だけはしないように気を付けないとね。

ふと顔を上げてみると、私たちの前には数人の村人がやって来ていた。少し離れたところからこちらを見ていて、開店するのを待っているようにも見える。

「さぁて、お客さんも来たところだし開店しよう。お待たせしました、エルクト商会出張所開店です！」

ファルケさんが声を上げると、待ってましたと言わんばかりに村人たちが近づいてきた。村人たちは商品を見ながら楽しそうに話をしている。

「えーっと……あった」

「これなんてどうかしら？」

「あー、あれ欲しいな」

「お菓子だ、お菓子があるよ！　ねぇ、買って！」

商品を手に取ったり、眺めたりしていて村人の反応は上々だ。

「そうだ、少し時間が経ったら僕はこの村唯一の商店に商品を卸しに行ってくるよ」

「そうなんですね。心細いですが、頑張ります！」

「そのために呼ばれてきたようなものだから、頑張るわ」

「はじめは一緒にやってやり方を覚えていってね」

そっか、ファルケさんには違う仕事もあるんだな。二人になっても不安がないように、一緒にいる時間で経験を積んでおこう。

隣を見てみると、ファルケさんはお客さんに商品を勧めたりしていた。ふむふむ、なるほど。私も勇気を出して真似をしてみよう。

「お客様、気になる商品はありましたか？」

話しかけたのは四十代くらいの男性だ。

「酒が欲しいんだが、沢山あって決まらなくてな」

お酒か、商品を手に取ってラベルを確認してみる。ラベルには酒の名前と味やアルコールの強さが書かれてあった。

「どんなお酒が好きですか？」

「そうだな……酒は好きなんだが、そんなに強くない酒がいいんだ。あとスッキリとした味が好みだな」

「私も一緒に探しますね」

アルコールが弱くてスッキリとした味のお酒だね。並べた酒のラベルを一本ずつ確認していく。

強い、普通、強い、強い……弱い、これはまったりとした味わいか。

えーっと、これでもないし、こっちは違う。あった、アルコールが弱くてスッキリとした味だ。

「お客様、こちらなんていうのはどうでしょう？」

「どれどれ……おー、これだ！　これを一本くれ」

「毎度ありがとうございます」

酒の名前を確認すると、価格表を見る。

「五千八百ルタになります」

「なら、これで」

「はい、六千ルタお預かりしますね」

お金を受け取ったが、おつりはどこから出せばいいんだろう？

「はい、リル君」

ファルケさんが箱を差し出して、地面に置いた。その中には様々な硬貨が入っていた、どうやらここにお金を入れておつりを出すらしい。そこにお金を入れて、おつりを取る。

「では二百ルタのお返しです」

「ん、どうも」

「ありがとうございました！」

ちゃんと接客できた。そのお客さんは満足そうな顔をしてその場を離れていった。

「リル君」

「はい」

「よくやった」

呼ばれて振り向くと、ファルケさんが親指を立てていた。どうやらいい接客ができたらしい、嬉しくなって頬が緩んでいく。この調子でどんどん接客していこう！

◇

「そろそろ、僕は商品を卸しに行ってくるよ」

「あ、はい。いってらっしゃい」

「分かったわ」

ファルケさんはいくつかの木箱を馬車に詰め込むと、馬車を動かして行ってしまった。残された私とカルー。心細いけど信頼に応えるためにも頑張らないといけない。

「いらっしゃいませー。いい商品が沢山揃ってますよー。見るだけならタダだからどんどん見ていってくださいねー」

ファルケさんがいなくなってもカルーは平常心で客引きをしていた。積極的にお客さんに話しかけると、商品を説明していった。

「その商品は類似品のない、一点ものですよ。とっても貴重な商品になります」

「あら、そうなの。気になるわね」

「ぜひ、お手に取って確かめてください」

カルーが喋るとお客さんは気軽に商品を手にしていく。興味を引くのが上手いのか、カルーが接客したお客さんはどんどん商品を購入していった。

昼を大分過ぎた頃になると、村人が目に見えて増えてきた。畑仕事から帰ってきたのか農具を片手に遠巻きにこちらを見てくる人が沢山いる。その人たちは一度家に帰ってきてからここに来そうだ。

しばらく、お客さんとやり取りをしているとその予感は当たった。仕事から帰ってきた人たちが集まりだして、商品の周りにはあっという間に人だかりができてしまう。

「これください」

「はい、そちらは」

「こっちも買いたいんだけど」

「分かりました。少々お待ちください」

一気に忙しくなってきた。お客さんから買いたい商品を受け取り、値段を確認してお会計をする。商品を渡すと、すぐに違うお客さんの対応を始めた。

「その価格は千二百ルタですよ。あ、そちらは三千八百ルタになります」

人が多くなってもカルーは落ち着いて接客を続けていた。テキパキと値段を教えて、隙があれば商品を勧めていく。流石本職だ。対応がとても上手。

休む暇もなくひたすら商品のお会計のやり取りを進める。自分でも訳が分からなくなるくらいに忙しい、けど会計を間違えないようにしっかりと計算をした。

そんな忙しい時に早速アレがきた。

「ねぇねぇ、この布はおいくら？」

「そちらは、えーっと……四千ルタです」

「えー、ちょっと高いわね。少し安くならない？」

初めての値切り交渉だ。チラっと価格表を見てみると、限界価格は三千六百五十ルタになっている。始めはちょっと高めに言うんだったけな。

「そうですね……三千八百五十ルタでいかがでしょう」

「うーん、まだちょっと高いわ。もうちょっと安くならない？」

「もうちょっとですか。うーん……三千八百ルタでどうです？」

「もうちょっと安くしてよ～」

くっ、手ごわい。

「では、思い切って三千七百ルタでどうです？」

「まぁ、それぐらいだったらいいわね。その値段で頂戴」

「ありがとうございます」

ようやく値切り交渉が成立した。もっと話術のスキルがあれば、早めに納得してくれたのかな。

話すのって難しい。

お金のやり取りをして商品を渡すとその女性は嬉しそうにその場を離れた。

「ねぇねぇ、このフライパンも安くなる？」

と、そのやり取りを見ていた他の女性も値切りの話を持ちかけてきた。価格表を見て限界価格を確認する、三千八百ルタか。

「元々の値段が四千三百ルタですね。それでは、四千百五十ルタでどうですか？」

「うーん、安くはなってるけど、もう少し頑張れない？」

「これ以上ですか？　うーん、じゃあ四千ルタピッタリでどうでしょう？」

「もう一声！」

「もう一声ですか、厳しいですね。ん～～……三千九百ルタ、四百ルタの割引ですよ！」

「いいわね、それで頂戴」

「ありがとうございます」

こっちのお客さんも粘るな……でもなんとか限界価格の前で終わらせることができた。会計をして商品を渡すと、嬉しそうに帰っていく。

その時、カルーと目が合った。カルーは親指を立てて私のことを褒めてくれた。そっか、私の対応は大丈夫だったんだね、安心した。

「こっちの商品はおいくらだい？」

「えーっと」

「こっちはいくら？」

「おまちください」

休んでいる暇はない。どんどん質問をされて価格表とにらめっこしながら、価格を伝えていく。

それが終わってもすぐに商品の質問を受けたり、会計をして商品を渡したりする。

そんな忙しい時間が過ぎていく。

◇

辺りが夕暮れに染まる頃になると、商品を囲んでいた村人たちは家に帰っていった。沢山並べられた商品も半分以上がなくなっている。

村人はもういないし、商品をしまってもいいのかな。そう思っている時、馬車の音が聞こえてきた。視線を向けるとファルケさんがようやく戻ってきたのが見える。

馬車はゆっくりと傍で停車して、御者台からファルケさんが降りてきた。

「お疲れ様。そこそこ売れたようだね」

「二人で頑張って売ったわ」

「商品を片づけますか？」

「そうだね、お願いできるかな。僕は売り上げを数えているよ」

ファルケさんにお金の入った箱を渡し、私はマジックバッグを手にした。マジックバッグの口を広げて、カルーと一緒に残った商品を順番に入れていく。

「リル、初めてにしては上出来だったじゃない」

「私の接客は大丈夫でした？」

「ちょっとぎこちないところがあったけど、悪くなかったわ」

「カルーは流石本職って感じでした。すごくスムーズに接客できていたと思います」

「そりゃそうよ。こういう接客をやってきたからね。リルには負けてあげられないわ」

ふふん、と自慢げに胸を張った。それがなんだか可愛くて、私は笑ってしまった。

お喋りをしながら片づけをしていると、全て入れ終わる頃には少し薄暗くなっていた。

「ファルケさん、終わりました」

「あぁ、ありがとう。こっちはもうちょっとかかるから先に休んでいてもいいよ」

「でしたら、どこかに井戸とかありませんか？　洗濯をしておきたいです」

「それなら、あっちのほうに井戸があったから使ってもいいんじゃないかな」

「なら、行ってきますね」

指された方向を見ると、遠くに井戸が見えた。

「リルも着替えの洗濯をするのね。私も一緒にしていいかしら」

「もちろんいいですよ。二人で行きましょう」

暗くなる前に終わらせておかないと。カルーと一緒に駆け足で井戸に近づいていく。

井戸は家屋が密集する端にあり、周りには草が生い茂っている。井戸に辿り着くと、背中のマジックバッグを取り外して中に手を突っ込む。

いつも使っている桶を取り出して地面に置くと、井戸に手をかける。井戸の桶を放り込んで紐を何度か揺らすと一気に引き上げていく。引き上げると桶に水を入れるが、もう一杯必要だ。

同じように井戸から水を組み上げて、桶に入れると水がいっぱいになった。今度はマジックバッグの中から脱いだ服を二着取り出して草むらの上に置く。

「私も一緒に洗わせてもらうわ」

「えぇ、いいですよ。二人で洗いましょう」

それから桶に一枚ずつ入れて水洗いで汚れを落としていく。戦闘で魔物の血も少しついちゃったから、そこを重点的にゴシゴシと洗っていく。

手早く他の服も洗うと洗濯は終わった。いつも洗剤があればいいなって思うんだけど、水洗いでなんとかなっているから買っていない。うーん、買うべきか。

洗剤のことを考えながら服を絞っていく。生地が傷まないようにできるだけ優しく、でも水は絞り取るようにギュッと絞る。

全部の脱水を終えて、洗った服をマジックバッグに入れる。桶を少し離れた位置にまで持っていき水を捨てて、桶をマジッグバッグに入れた。

辺りを見てみるとすっかり暗くなってしまっていた。急いで馬車へと戻っていく。

すると、馬車の辺りが魔石ランタンで明るくなっているのを見た。分かりやすい目印にまっすぐに向かう。

「お待たせしました」

「大丈夫だよ。洗濯物を吊るすんだよね。馬車の内側に釘を打ってあるからそこに引っ掛けて使ってね」

「ありがとうございます」

「行きましょう、リル」

ファルケさんは発火コンロを用意して夕食の準備をしていた。これからスープを温めるらしく、マジッグバッグから鍋を取り出しているところだ。

その間に洗濯物を干してしまおう。馬車の中に入ると釘を打っているところを探す。魔石ランタンの灯りで照らされているから、簡単に見つけることができた。

マジックバッグの中から紐と先ほど洗った洗濯物を取り出すと、背伸びをしながら紐を釘に括りつける。ピンと紐を張ると、今度は洗濯物をしわを伸ばしながら干していく。

結構高いから背伸びをしないと手が届かない。なんとか全ての洗濯物を干し終わると、頑張ったふくらはぎが痛かった。

干し終わって馬車から出ると、ファルケさんがお椀にスープを盛っているところだ。

「終わった？　はい、どうぞ」

「ありがとうございます」

「ありがとう」

「じゃあ、食べようか」

スプーン入りのお椀を受け取ったあと、水入りのコップも手渡される。地面に座ると早速食べ始める。

メニューは昨日の夜に食べたスープと同じもの。どうやら夜のスープと朝のスープと二食のスープがあるみたいだ、違う味でありがたいな。

「明日は午前中に開店して、午後になったら出発するよ」

「もう一度店を開くのね。頑張って接客するわ」

「滞在は短いんですね。もう一泊するんだと思ってました」

「村にはそんなに人がいないし、商店にも商品を卸したからそれくらいで十分だよ。あんまり長居してそっちに恨み事を言われたくないしね」

確かに、ここで商売をするってことはそういうことなんだろう。その辺がファルケさんは上手いことやっていけてるから、卸しと商売ができているんだろうな。

「上手いこと取り入りながらいかないと難しいからね。冒険者だって、違うところで活動する時は大変だろう？　いずれ町を出て、違うところで活動するなら周りに気を配ることも必要だから覚えておいて」

その言葉にスープを食べる手が止まった。

「えっと、あの……」

とっさのことで上手く言葉がでない。今一番悩まされている話題に笑顔が引きつってしまう。

「リル、どうしたの？」

「いえ、なんでもないです」

「そう？　なんだかおかしいわ」

「大丈夫です。本当になんでもないので」

カルーに怪しまれたけど、なんとかごまかせた。でも、カルーは何かを疑っているようにこちらをジーッと見てくる。ここはなんてことないように振る舞わないと。

「そ、そうですよね。違うところで活動するなら、必要なことだと思います」

なんとか話を続けることができた。でも、押し黙ったのが気になったのかファルケさんもカルーも不思議そうな顔をする。

お願い、そこを突っ込まないで。

「リル君はあの町を出ないで冒険者を続けていくつもりなのかい？」

あぁ、突っ込まれてしまった。まぁ、あんなに分かりやすく動揺している姿を見たらそう思っちゃうよね。……なんて答えよう。

「えーっと、集落から出られないといいますか、出たくないといいますか」

「それだと危険を冒してまで冒険者になった意味が分からないよ。集落で暮らしていくために冒険者になったの？　それだと……」

ボソリと言った言葉にファルケさんは驚く。それもそうだ、それだとずっと難民でもいいって言っているみたいなものだから不可思議だ。誰も望んで難民であり続けたいとは思わないのに。

今にも追及をされそうで、ドキドキしている。あんまり人に話すことじゃないけど、話さないとどんどん追及されそうだ。

「冒険者になったのは難民を脱却して、いずれ町に住むことを目標としていたからです。決してずっと難民でいたいとは思っていません」

「そうよねぇ。難民脱却がリルの目標なんだから」

「でも、集落から出たくないって言ってたけど」

「それはその……集落の人たちは優しくて、だから離れがたいって思ってしまったんです」

私は自分の気持ちを外に出した。

「親に見放されても一人で頑張って生きていくんだって思っていたんです。そんな私に集落の人たちは優しくしてくれて……本当に嬉しかった。でも、それと同時にみんなと離れて集落から出ることが怖くなっちゃったんです」

結局のところ虚勢を張っただけだ。本当は心細くてどうしようもなかった。風が吹けばすぐに飛ばされそうなほどの弱い心をなんとか奮い立たせて、懸命に頑張っていただけ。

そんな私の心を支えてくれた存在が集落のみんなだ。みんなで支え合っていたからこそ、自分は頑張ることができた。本当の私は、一人の私は、こんなにも弱い存在なんだ。

だから、そんな場所から出て行くのが怖く感じた。本当に一人になった時、果たして私は今まで通りに頑張って生きていくことができるのか……とても不安に思っている。

守るべきみんなとの生活がなくなるだけで、こんなにも動揺して動けなくなっているんだ。一人になった時、何ができるんだろう。

「私一人じゃ何もできないんじゃないかって思ってしまって……実際そう思ってしまったら、本当に何もできなくなってしまって……」

　それで言葉が詰まってしまった。重い沈黙が降りるが、何を喋っていいか分からない。やっぱり、こんな話をするんじゃなかった……そう後悔した時だった。

「君も僕と同じなんだね」

　明るいファルケさんの声が聞こえてきた。恐る恐るファルケさんを見てみると、こちらを見ながら笑っている。

「僕はね元々大きな商会で働いていた従業員だったんだ。お店と家を往復するだけが僕の世界だった」

「ファルケさん？」

「そんな僕にも夢があった。自分の商会を持つことだ。でも、今の生活を離れて新しい場所に踏み出すのが怖くて、僕は従業員のままだった」

　突然始まった身の上話に耳を傾けると、それは自分と似ている境遇だったことを知る。

「前にも進めず、かといって今のままでも辛い。そんな日々を過ごしていたある日ね、冒険者だった今の奥さんに出会ったんだ」

　あ、話に奥さんのことが入ってきた。

「話して意気投合した僕たちは仲良くなってね、一緒に会うようになったんだ。仲良くなると色んなことを話すようになってね、つい僕の夢の事を話しちゃったんだ」

「どうなったんですか？」

「それはね……」

夢と奥さんの話がどう繋がってくるんだろう。勿体ぶるファルケさんの言葉を待つ。

「夢があるのにあんたは黙って見ているだけで我慢できるのかい、このスットコドッコイ！」

「……」

「あ、あれ？」

……奥さんがファルケさんのために言ってくれた台詞を言われても、困ります。

何も言わずにいると目に見えてファルケさんが慌て出した。

「絶対にウケると思ったのに」

「その、ごめんなさい」

ガックリと肩を落としてファルケさんは項垂れた。いや、本当にごめんなさい。なんか、心に響かなかったです。

頬をかいて遠慮がちに笑うファルケさんは気まずそうにしながらもまだ話をしてくれる。

「まぁ、なんていうか。僕がいいたいことは、その悩みは分かるし、集落を出たくないっていう気持ちも理解できる。そんな僕がリル君に言えることは一つだ、外は思ったよりも怖いところじゃないよ」

とても優しい声でそう言われた。

「そりゃ、今いる場所が温かくて居心地がいいとは思う。だけど、その場所だけが優しいんじゃなくて、外にだってそういう場所っていうものがあるんだ」

「……そういう場所に出会えなかったらどうするんですか？」

「そんな場所に出会いたい、と思っている限りは出会えると思うよ。立ち止まっても何も得られないのは分かっているんだから、一歩でもいいから進まなきゃ」

その一歩が中々でない。もう少しの勇気があれば、何かがあれば一歩を踏み出せるんだろうか？　自分の気持ちに答えが出なくて苦しい。

「その場所から離れたら辛いこともあるし、過去の優しさに戻りたいと思うこともあるだろう。でもどんな時も状況を変えられるのはリル君しかいないんだ」

「私だけが変えられる？」

「リル君自身が今をこの先を良いものに変えていくんだ。それは絶対に他人にはできないことだし、君が慕っている集落の人たちにもできないことだ」

今の私はやっぱり私しか変えられなくて、私の気持ち一つで立ち止まったり進んだりできる。私はこのまま立ち止まりたいのか、進みたいのか……どっちなんだろうか？

「自分の気持ちが決まらないです。分かってはいるんですが、一歩を踏み出す勇気が出なくて……こんなこと初めてだからどうしたらいいか」

「今は悩んだっていいんだと思うよ。すぐに答えが出ないほど大切なことだから、じっくり考えて自分の答えを出すのがいいだろう」

「……ちなみにファルケさんはどうしたらいいと思います？」

ちょっと意地の悪い質問だったかな。でも、ファルケさんは表情を曇らせることなく話してくれる。

「そうだな……僕なら真剣に悩んでみる。それである日道が開けて進んでいけるんだと思うよ」

「ファルケさんは進める人なんですね」

「それはどうだろう？　僕の場合奥さんがいたから進むことができたけどね。だから僕の言葉があの時の奥さんの言葉のように、リル君の背中を押すきっかけになってくれたら嬉しいな」

背中を押してくれる言葉か、ファルケさんの言葉にそんな力があったらいいな。そしたら、私は前に進んでいけるんだろうか。

集落から出ることを選択できるようになるんだろうか。一人ももやもやしていると、今まで黙って話を聞いていたカルーが口を開いた。

「私もねリルの気持ち分かるよ。私もいずれ孤児院を出なければいけないって分かっているのに、どうしても出たくなかったの」

「でも、カルーは実際に孤児院を出ています。どうしてそんな決断ができたんですか？」

「そうね……決断できたのは、みんなのお陰かな」

みんなのお陰というと、孤児院の人たちのことかな。

「私が離れるのが嫌だって駄々をこねた時、みんな私の気持ちを真剣に聞いてくれたわ。それで私の中にあった不安なことを全部聞いてくれたの」

「それでどうなったんですか？」

「みんなでどうしたらいいか考えてくれたわ。私の不安がなくなるように、色んな話をしてくれた。お陰で私は孤児院を出ることに不安を感じなくなったの。だから、私は外に向かって一歩踏み出せたわ」

そっか、不安がなくなると外に向かって一歩を踏み出せるんだ。じゃあ、不安がなくなれば私も外に向かって一歩踏み出せるかな。

「私もカルーみたいに一歩踏み出したいです」

「リルならできるわよ。だからね、不安に思っていることがあったら存分に言っていいのよ。全部吐き出しちゃいなさい」

優しくカルーに諭された。それだけだというのに、私の中にあった不安が溶けていってしまうようだ。話を聞いてもらうのって凄い効果があるんだね。

「一人で悩んでいたら、きっと不安に押しつぶされちゃっていたかもしれません。こうして話を聞いてもらうだけで不安が軽くなっていっているんです」

「そういうものよ。だから、リルが前に進めるように何でも話してよ。私が聞いてあげるから」

「僕も聞くよ」

「ありがとうございます」

二人の優しさで胸が温かくなる。そんな二人の視線に見守られながら、私は自分の思いを少しずつ吐き出していった。それだけなのに、不安は随分と軽くなったように思えた。

◇

悩みを吐き出した次の日の朝、いつも通りの朝食を食べ終えた。

「今日の午前中は昨日の売れ残りを出すんですか？」

「そうだね、売れ残りと次の村で売るはずだった物も少しは並べていこうと思うんだ。リル君とカルー君は昨日の残りを並べてもらって、僕は違う商品を見繕って並べるよ」

「分かりました」

「分かったわ」

食器を洗い終えてから仕事の話をする。昨日の残った商品を思い出すと、品切れの商品もあったはずだ。その商品を補充する目的で次の村で売るはずだった商品を並べるのだろう、売れる時に売っていくんだなぁ。

早速商品を置く布を敷くと、その上に商品を並べ始める。その途中周りを見てみるとちらほらと村人がいたのが見えた。開店するのを待っているのかな？

仕事に行く前に見に来ているのかもしれない。そしたら早めに並べ終わらせないとね。集中して次々に商品を並べ、最後の商品まで綺麗に並べ終えた。

「ふぅ、できたわね」

「商品並べ終えました」

「そしたら、開店の挨拶をしてもらってもいい？」

「私がですか？　……分かりました、頑張ります」

「頑張って、リル」

始めの一声か緊張するな。

「おはようございます、エルクト商会の出張所開店いたします！　お昼にはここを出て行ってしまうので、買いたい物がありましたら今の内に買っていってくださいね！」

声を張り上げて挨拶をした。すると遠巻きに見ていた村人が集まり出す。

「うん、いいね。さて、できる限り売って行こう」

「はい！」

「お客さんへの声かけも頑張ってね」

「頑張ろうね」

「頑張ります！」

さぁ、お仕事の時間だ。

◇

「ねぇ、この靴なんだけど違う大きさないかしら」

「今確認してきますね。ちなみになんですけど、この靴より大きいのと小さいのどちらがいいですか？」

「小さいのでお願いするわ。子供が履けるようなものをお願い」

「かしこまりました」

在庫あったかな、ファルケさんに確認してみよう。

「ファルケさん、靴の在庫ってありますか？」

「あるよ。後ろの木箱に入っている赤色のマジックバッグに入っているから、探してもらってもいい？」

「分かりました」

言われた通りに赤色のマジックバッグを取り出して、中を漁って確認をする。えーっと、靴、靴。

「ねぇ、お母さん。子供も働いているよ」

「そうね、でも大きなお姉さんだから働けているのよ」

「ふーん」

お客さんの子供が不思議そうにこちらを見てきていた。村からしたらこの年齢でお店に立つことが珍しいのかな。そう思いながら、マジックバッグから靴を取り出していく。

「お待たせしました。こちらとこちらの二つが丁度いい大きさだと思います。試し履きしてみますか？」

「そうね、貸してもらえるかしら」

「はい、どうぞ」

靴を手渡すと早速子供に試し履きを始めた。その間、子供はじーっと私を見続けている。

「お姉ちゃん、なんで子供なのに働いているの？」

うっ、答えにくい質問がきた。そのまま言ってもダメだろうし、なんか捻った言い方ないかな。

「ほ、ほら！　君もお手伝いをする時だってあるでしょ、それと同じだよ」

「お手伝いとお仕事は違うよー」

「そうだね……うーん」

中々鋭いな。何か話を逸らせるような話題は……。

「このお姉さんはね一人で暮らしていけるように頑張って働いているんだよ」

突然、ファルケさんが話に入ってきた。驚いて振り返ってみると、いたずらが成功したような子供っぽい笑顔を浮かべている。

「えー、そうなの！　お姉ちゃん、一人で暮らすのー？」

「え、えぇ……まぁ」

すると子供は驚いた顔をして、楽しそうにおしゃべりを続ける。

「一人って大変なんだよー。あれもこれもやらないといけないし、ご飯だって作らなきゃいけないし」

「この靴にするわ」

「ねぇねぇ、お母さん。このお姉さん一人で暮らすんだってー」

「へぇ、すごいじゃない。頑張っているのね」

お母さんから靴を手渡された後も子供ははしゃいで話す。

「一人で暮らすのって大人にならないとできないって言ってたから、お姉ちゃんはすごいなぁ。僕も頑張ったらできるかな」

一人暮らしに憧れでもあるんだろうか、子供は羨ましそうにこっちを見てくる。その間に靴のお会計を済ませておく。

「ねぇねぇ、僕も一人で暮らしてみたいー」

「あんたにはまだ無理よ。このお姉ちゃんみたいに計算もできないといけないんだからね」

「えー、まだやらなきゃいけないことがあるのー」

「そうよー、一人で暮らすのって大変なんだから」

ぐずる子供を簡単に宥めたお母さんはこちらを向く。

「ごめんなさいね、おしゃべりで」

「いえ、私は大丈夫です」

「一人で暮らすのって大変だと思うけど、頑張ってね」

「は、はい。お買い上げ、ありがとうございました！」

お母さんの優しい言葉にお辞儀で返すしかできない。精一杯のお礼をいうと、その親子はこの場を去って行った。

一人で暮らす、か。確かにそれが目標だったし、町に住むってことはそういうことだ。今の状態では想像すらできないけど、それが目標だったんだもんな。

すると、カルーが話しかけてくる。

「どう、自分の目標を素直に言った気持ちは？」

「えーっと、自分でも驚いています」

「昨日、不安を沢山吐いたから軽くなったんだわ。だから、そんなふうに言えるようになったのよ」

「そうなんですか」

「少しずつ、集落を出るということが軽くなっている証拠よ」

自分でも分からないけれど、昨日と比べれば軽くなっているような気がする。このままいくと、

TOブックス NEWS
TO BOOKS NEWS 2024 JUNE
2024 6 JUNE
今世こそのんびりしたい元英雄の、望まぬヒロイック・サーガ
悪魔にはなんの欲があったのか
コミックス 6/15 発売！
出来損ないと呼ばれた元英雄
実家から追放されたので好
に生きることにした@CO
漫画：烏間ル　原作：紅月シン　キャラクター原案：ちょ
転生美幼女が愛と魔法で無双する、ほのぼ
ノベル6巻　6/15発売
著：もちだもちこ　イラスト：双葉はづき
シリーズ累計 40万部 突破！(電子書籍含む)
氷の侯爵様に
甘やかされたいっ！

ノベル8巻 6/20発売
著：春の日びより
イラスト：ひたきゅう
戦うヒロインが魅せる、壮絶&爽快な異世界バトルファンタジー!
シリーズ累計30万部突破!!!!!
(電子書籍含む)
乙女ゲームのヒロインで最強サバイバル
構成：和久ゆみ
出来損ないと呼ばれた元英雄は、実家から追放されたので好き勝手に生きることにした
テレ東・BSテレ東・AT-Xほかにて
TVアニメ絶賛放送中!
© 紅月シン・TOブックス／出来そこ製作委員会

集落を出ると決断できるようになるのかな？

ちらりとファルケさんを見ると、ウインクを返された。うぅ、これが背中を押されるってことなのかな、ちょっと落ち着かなくなる。

「なぁ、この値段はいくらだ？」

「あぁ、すいません。えーっとですね」

そんな悩みもお客さんのかけ声で一旦止まる。商品と価格表を見ながらお客さんに金額を伝えた。今は仕事に集中だ。

◇

午前中の開店でもそこそこ売れた。売れ残ったのは三分の一くらいで、ファルケさんが言うには上々の売り上げだったらしい。

商品をマジックバッグに片づけると、パンとハムとチーズだけの簡単な昼ごはんを食べた。それが食べ終わると、とうとうこの村ともお別れだ。

荷物を全て馬車の中に詰め込んで、私は馬車の中にクッションを敷いて座る。

「次の町に出発」

ファルケさんが鞭を打つと、馬は嘶いた後にゆっくりと歩き出した。馬車の後ろから見る村の景色はのどかで平和そのものだ、先ほどまでにぎやかだったのが嘘みたい。

「初めての村にお別れね。結構賑やかだったじゃない」

「そうですね、みんな楽しそうに商品を見てくれました」

商品を見る目はみんな輝いていたように見えた。やっぱり、珍しいものや目新しいものを見ると
あんな風に生き生きとするんだな。

「村人を見て思ったんだけどね、外から来た私たちを好意的に受け止めてくれたと思うの」

「でも、それは私たちが商品を売りにきたからじゃないですか？」

「そうかしら？　外から来た人には厳しいと思っていたけれど、思いのほか優しく受け入れてくれたと思うわよ」

それは商売関係なく、と言いたいのだろうか？　商売関係なくそんなふうに受け入れられたらどれだけいいことだろうか。

「だからね、私思ったの。それは他の場所でも同じなんじゃないかって」

「他の場所でも外から来た私たちに優しくしてくれるってことですか？」

私の言葉にカルーが頷いた。

「私も孤児院から出ることが嫌だったけど、みんなのお陰で一歩踏み出せた。踏み出した先にいたのは、みんな優しい人ばかりだった。その中にリルがいる」

「私がカルーの一歩踏み出した先にいた人ですか？」

「そう。外は悪い人ばかりじゃないって思ったわ。だからね、外へ行くのは怖くないのよ」

カルーは私を勇気づけてくれている。外へ行くことは怖くない、だから一歩を踏み出そう、そう伝えてくれた。

色んなお客さんがいて大変だったけど、悪い人はいなかった。初めて町以外の人と交流が持てたことによって、少しは外への恐怖も減っている。

ファルケさんが昨夜言っていた通り、町の外は怖い物ばかりではない、ということが分かって良かったと思う。それでも、それが全てじゃないっていうことも分かっているつもりだ。

今回の交流で少しだけ外への恐怖が減ったのは良かった。このクエストを受けていなければ、ずっと町の中と近隣の外だけで完結した日々を送っていただろう。

少しでも外に足を向けたことによって、私の意識が少しだけ変わったような気がした。それが心の中で少しの余裕を生むきっかけにもなる。

次の村には一体どんな人がいるんだろう。外への期待が少しだけ膨らんでいくのを、馬車から見える景色を見ながら感じていた。

◇

次の村への移動は問題なく進んだ。何か変わったことと言えば二人から話しかけられることが多くなったことだ。それも全て私の背中を押すために。

ファルケさんの話は旅先での話ばかりで、遠回しに外は怖くないよと言っているようなものだった。商売の話から出会った人の面白い話、でも時には辛いこともあるんだという偽りのない話だ。

カルーからは孤児院に残りたかった気持ちはあったけど、それよりも孤児院を出よう、という気持ちが強くなった経緯の話をされた。そして、実際に外に出てみて出会ったことを話してくれた。

その話は私にとってとても楽しいもので、つい夢中で聞いてしまっていた。ようは、二人の術中にはまってしまったのだ。いや、別にはまって悪いことはないと思う。

色んな話を聞いていると、まるで私がそこに登場するかのような錯覚に陥ってしまう。そのお陰で楽しい話の時は楽しくなり、ちょっと辛い話にはちょっとだけ辛くなった。

私の心は良くもなり、悪くもなる。流石と言うべきか、会話が上手で一方的に話したりはせずに適度に話を振ってくれるから飽きることがない。

そんな楽しい旅はのんびりと続いていった。一泊野宿した次の日には次の村へと辿り着く。

「ほら、見えてきたよ」

馬車の後ろを見張っていた私にファルケさんから声がかかる。ゆっくりと立ち上がり馬車の前へと行くと、遠くに家屋が見えてきた。

「今回はどこで商売するんですか？」

「前回と同じだよ。町の真ん中に広場があるからそこを貸してもらうんだ」

「じゃあ、また太鼓を鳴らしますね」

「うん、お願いするよ」

木箱の中を漁り緑のマジックバッグから太鼓とばちを取り出す。それから馬車の後ろからゆっくりと飛び降りると、馬車の前にやってきた。

村に近づいてから太鼓を鳴らし始める。ついでに今回は声もつけてみた。

「エルクト商会の出張です。広場で出張所が開店しますので、ぜひ来てみてください」

太鼓を鳴らす音と私の声が混じり合う。それは村の中で広がっていき、ちらほらと村人たちが姿を現してきた。前よりも反応が良いのは、きっと声を出しているからだよね。

「エルクト商会の出張です。広場で出張所が開店しますので、ぜひ来てみてください」

少し進んだら台詞を言って、また少し進んだら台詞を言う。その繰り返しをしてようやく村の中心、広場までやってきた。

「じゃあ、僕とカルーは村長のところへ行ってくるよ」

「私は村の端まで行ってきますね」

「うん、お願い。声だし、良かったよ」

グッと親指を立てられた。褒められた、嬉しいな。

そのまま馬車は道を曲がっていき進んでいく。私は道を真っすぐに歩いていき、村の端を目指していった。

◇

村の端まで行き、また広場まで戻ってきた。馬車はまだ来ておらず、一人で立って待っている。

ボーッとしながら待っていると、村人たちが集まり出した。

きっと出張所を楽しみにしてくれた人だろう。何か話をしたほうがいいか考えていると、突然声がかかった。

「リルちゃん、リルちゃんじゃない⁉」

私の名を呼ぶ声がして驚いた。勢い良く振り向くと、そこには以前集落にいた元難民の女性が驚いた顔をして立っている。

嘘、こんなところで会うなんて！

「お久しぶりです！」

「こっちの台詞よ！　どうしてここにリルちゃんがいるの？」

「冒険者になったので、商会の依頼を受けて出張所の手伝いをしています」

「あのリルちゃんが冒険者ねぇ……すごいわぁ」

近寄って話をしてみると、上から下までしっかりと見られた。以前とは違う恰好だから、まじまじと見られちゃった。

「おばさんがここにいるってことは、他のみんなもいるんですか？」

「いるわよ。みんなで一か所の村に移住して離れ離れにならずに住んでいるから、協力し合えているわ」

「そうなんですね。それだと困ったら色々と助けたり助けられたりしますものね」

複数で村への移住を決めた人たちは村で生活できているようで安心した。

改めておばさんの姿を見てみると、集落の頃と比べれば見違えていた。服は清潔でほつれなどなく、靴はボロボロではなくしっかりとした革靴で、髪の毛は綺麗に一つに纏められている。

何よりも体が細くなく、普通の太さになっているのが嬉しい。どこからどう見ても普通の村人に見えた。

「村に来てからお腹いっぱいに食べられるし、集落を出る決断をして良かったわ」

幸せそうにはにかむ姿を見てこっちも嬉しくなる。集落を出る決断ができない自分とは大違いだ。

やはり一人では心細いから決断ができないんだろうか？

少しの羨ましさを噛み締めていると、馬車が動く音が聞こえてきた。

「あの馬車が商会のものなの？」

「はい、あれに乗ってここまで来ました」

「そうなの、立派になったわねぇ。こうしちゃいられないわ、他の人たちも呼んでくるわね。旦那たちが帰って来てから、広場に寄らせてもらうわ」

「待ってますね」

慌ただしくそう言ったおばさんは広場を後にした。私はすぐに到着した馬車に近寄る。

「二人とも、おかえりなさい」

「あぁ。今話していたのって何か質問されたの？」

「いいえ、あの人は以前難民の集落で生活していた人なんです」

「こんなところで集落にいた人に出会うなんて凄いわね」

「そうなんだ。だから親し気に話していたんだ」

カルーは驚き、ファルケさんは納得したように頷いた。

「じゃあ、僕は馬に水と餌をあげるから、荷物を馬車から降ろしてくれないか」

「分かりました。後で商店に行って卸してくるんですか？」

「うん、そのつもり。また初めはいるから安心してね」

「ありがとうございます」

ファルケさんから指示を受けて早速馬車に乗り込み、二人で木箱を外に降ろしていく。全て馬車から降ろす頃にはファルケさんは馬の世話をやり終えていた。

それから布を広げて地面に敷き、マジックバッグから商品を取り出して並べていく。そんな作業中にも村人たちはだんだんと集まって来て、開店を心待ちにしているようだった。

「よし、終わったかな」

「開店ね」

なんとか商品を並べ終えることができた。目の前にはずらっと並んだ商品があり、選ぶのも一苦労に見える。

「さぁさぁ、エルクト商会の出張所開店だよ！　どうぞ、好きに見ていってよ！」

ファルケさんが手を叩いて客寄せの声を上げる。すると、村人が待ってましたと言わんばかりにこちらに近寄ってきた。商品の周りにはあっという間に人だかりができて、すぐに楽しそうな声が聞こえ始める。

◇

しばらくはファルケさんと一緒にお客さんの対応をした。だけど、それも一時間くらいで終わり、ファルケさんは商店に商品を卸しにこの場を去って行く。

残された私とカルーはどんどん商品を売っていく。中には値切ってくる人もいるので、その度に価格表とにらめっこしながら慎重に価格を下げていった。

商品のやり取りをするだけでも、中々に楽しくなってくる。値段のやり取りの中にちょっとした雑談を混ぜると、村人も乗ってきて話が広がっていく。

雑談は商品の話をしたり、近所の人の話だったり、身内の話だったりと尽きることが無い。村人が積極的に話すこともあれば、こちらから話題を振ると嬉しそうに話してくれたりと様々だ。

その話が盛り上がれば盛り上がるほど商品は売れていく。一つだけ買おうとした奥さんが二つ買ってくれたり、旦那さんがワンランク上の商品を買ってくれたりと良いことが続いた。

そんな楽しい時間を過ごしていると、団体が近づいてきているのが見える。それは先ほどこの場を離れていった元難民のおばさんたちだった。

久しぶりに出会った難民だった人たち。身なりは以前より良い服を着ていて、頬もこけていない。一目で元気でやっていることが窺えた。

「おー、本当にリルちゃんだ」

「リルちゃんも立派になったな」

「今、冒険者なんだって？　すげーな！」

仕事が終わった旦那集団に囲まれて頭をがしがしと撫でられる。嬉しいんだけど、力が強いなぁ……でも嬉しい。

「今は冒険者として町の中や外の依頼を受けています」

「あのリルちゃんが町の外の仕事もやっているだと？　想像できんな」

「でも、剣を持っているみたいだし……本当なのか？」

「はい、魔物討伐もしています」

魔物討伐のことを言うとみんな一様に驚いた顔をした。

「だ、大丈夫なのか？　その魔物ってあの魔物だぞ」

「大丈夫です。ここまで来る道でも魔物と戦ってきましたし」

「リルちゃんが魔物討伐……やっぱり想像できん」

胸を張って自信満々に魔物討伐をしていることを言うが旦那集団の顔色は良くない。ハラハラとして落ち着かない様子だが、話を聞いていた奥さんたちは強く頷いた後に張り切って言う。

「やるじゃないのさ！　あのリルちゃんが魔物討伐をするなんて、胆力のある子だったんだね」

「難民から外向けの冒険者が生まれるのは初めてじゃなかったかな。すごいじゃないの、リルちゃん」

「あのリルちゃんがね……頑張ったのね」

奥さんたちは感慨深そうに言った。一度に沢山褒められて恥ずかしいが、それでも嬉しい気持ちでいっぱいになる。

「大変なこともありますが、なんとか元気でやってこられました。これも難民のみんながいてくれたからだと思っています」

一人だったら挫けていたかもしれないが、集落での生活が冒険者を続けるための力になっていた。みんなも頑張っているんだから自分も負けないように頑張る、その意識があったからこそ今までやってこられたのだ。

立派になった姿を見てもらいたくて、早速商売を開始する。

「商品を沢山持ってきたので、沢山買っていってくださいね」

「ははは、リルちゃんはしっかりしてるな」

「色んな商品があるから目移りしちゃうわ」

私の一声でみんなは商品を確認しはじめた。その間に他の村人の対応をしたりして、じっくりと商品を見てもらう。

それにしてもみんなが元気で本当に良かった。まだ再会して少ししか経っていないけど、村に馴染んでいるのがよく分かる。他の村人とも楽しそうに話をしているから、心配は必要なかったみたい。

集落を出て元気でやっている姿を見ると、こっちまで勇気付けられちゃうな。きっとここでは見せない苦労もあるんだろうけど、無理はしていないみたいだし安心したよ。

私も集落を出たらこんなふうに笑って過ごせるのかな？　そうだったら嬉しいけど、でもここまで笑えるようになるのって努力したお陰だと思う。きっと村に来てから色んな努力をしていたんだろうな。

努力次第で環境が良くなることを知ると、私の中で凝り固まっていた集落を出るという恐怖が和らいでいくようだ。そっか、どうなるかは自分次第だよね。

商品を見て楽しそうに選んでいる姿を見ると、とても充実しているみたいだ。集落にいたら絶対にない光景を前にして、嬉しい気持ちが溢れてくる。

集落を出るということはそういうことだ、と見せつけられているみたいだ。難民というあやふやなものではなくて、一人の人間として認められている優越感みたいなものもあるのだろう。それが心の余裕を生んで、表情や態度に表れていく。だからこんなにも自然体で楽しそうにできているのかもしれない。

集落にいた時とは全然違う態度を見ていて、集落を出るということに興味が湧き始めた。他にも色々な問題はあるのに、それを置き去りにして前向きに考えられるほどこの人たちの姿はとても魅力的に見える。

集落を出ても、私もあんなふうに笑えるのかな。お買い物を楽しんで、会話を楽しんで、生きることを楽しめるのだろうか。今以上の何かを掴むことができるんだろうか。

「リルちゃん」

「は、はい！　なんでしょう？」

話しかけられてハッと我に返った。

「この生地はおいくら？」

「そちらは、えーっと……四千三百ルタです」

「そうなの。じゃあ、もう少しお安くならないかしら？」

ちょっとだけ意地悪な笑顔を浮かべてそんなことを言われた。値切り交渉だね、負けていられない。価格表を見ながら、最初に提示する価格を考え始めた。

◇

夕暮れ近くになると村人たちは家に帰って行った。元難民のみんなもそろそろ、と帰ろうとする。

「じゃあね、リルちゃん。お仕事頑張ってね」

「働いているリルちゃんの姿が見られて良かったよ」

「はい、お買い上げありがとうございました。明日の午前中も出張所開いてますので覗きに来てくださいね」

「はっはっはっ、リルちゃんに商売魂が宿っているな」

みんな下ろしていた腰を上げてこの場を後にしようとした。

「あ、あの！」

そこを一声で止める。みんな不思議そうな顔をしつつも待ってくれていた。

「ちょっと今悩んでいることがあって、少しだけ聞いてもらってもいいですか？」

みんなを見つつ戻って来ていたファルケさんに目配せをすると、親指を立てて了承してくれる。

するとみんなはこちらに向き直り話を待ってくれていた。

この機会を逃したらもうないと思う。先に難民を脱却したみんなに聞いておきたいことがある。

深呼吸をして気持ちを落ち着かせると口を開く。

「冒険者として頑張っているのは難民脱却のためなんですが、いざ集落を出ることを考えたら怖くなってしまって。みなさんは、その……怖くなかったんですか？」

勇気を出して聞いてみた。その話を聞いたみんなは顔を見合わせて、真剣な表情をする。

「難民の集落とはいえ、出る時は怖かったさ。知らない土地で生きていくんだから、怖くないわけがない」

「環境が良くなくても慣れ親しんだ場所だからね、離れる時は寂しいものさ。集落を出る馬車の中で何度もまだ集落にいたほうがいいんじゃないかって思うほどに悩んでいたんだよ」

「新しいところへ行っても成功する保証もないし、しっかりとした生活ができる保証もない。不安だらけだったさ」

吐露してくれた。環境が良くなくても集落は居場所だったから、出るのは勇気がいる。出たとしても本当にこれで良かったのか悩み、苦悩したみたいだ。

難民を脱却したとしても、その先の保証はない。そんな不安だらけの状況だとしても、どうして一歩を踏み出すことができたのだろうか。

「どうしてそんなに悩んでいても集落から出ることができたんですか？」

直球の悩みをぶつけてみた。するとみんなは顔を見合わせて、少しだけ笑った。

「本当の居場所が欲しかったからかな」

「本当の居場所？」

「誰にも侵されない自分だけの場所さ。自分を認めてくれて、自分の存在価値を知れて、自分が必要とされる場所だよ」

「それが本当の居場所？」

「本当の居場所の理由は人それぞれさ。リルちゃんにはあるかい？　自分の居場所がこういうところだっていう考えが」

難民脱却のために集落を出たんじゃなくて、本当の居場所が欲しかったから集落を出た。その話を聞いて初めは意味が分からなかったが、少しずつその言葉が自分の中に溶けて他の考えと一緒に混ざり合っていく。

難民脱却を先に考えているんじゃなくて、居場所が欲しいという考えが先にあったから？　確かに私は難民脱却のことばかり考えていて、先の事は全然考えていなかった。

そこが違ったから、このみんなは集落から出ることができたのだろうか。だから一歩踏み出すことができたのだろうか。私は考え方を間違っていたから、一歩を踏み出すことができなかったのか。

「リルちゃんも集落を出る目標みたいなものが見つかるといいね」

「集落を出るための目標、ですか？」

「そう、なんだっていいんだ。海が見たいとか、大きな町に住んでみたいとか、どんなことでもいい。何か外に繋がる目標みたいなものがあると、一歩踏み出すことができるかもね」

その話には覚えがあった。難民のためを思ってあれこれと手を尽くしてくれた領主さまのためになることをしたい、それが私のささやかな目標だ。

そしたら、私に足りないのは一歩踏み出す勇気……なのかな。

◇

「今日もご苦労様」

「お疲れ様です。明日の午前中に出張所を開いて、それから町に戻るんですね」

「とうとう仕事も終わりなのね」

「うん、そうだよ。そろそろ違うスープの味も恋しくなってきただろう」

「……少しは」

「そうね」

「あはは、そうだろうそうだろう」

魔石ランタンの灯りの中で夕食を食べ終えた。食事を無料で頂いている身で言うのは気が引けたけど、正直な気持ちを言えたのはファルケさんと数日間の内に親交を深めていたお陰だろう。

食べ終えた食器を洗い、道具をマジックバッグにしまい夕食の時間は終わった。あとは寝る時間なのだが、まだ寝るにはちょっと早い。いつものように雑談が始まる。

「しかし、この村に元難民の人がいただなんて驚きだな」

「そうよね、まさか元難民の人がいるなんて思いもしなかったわ」

「はい、私も驚きました」

「会えて良かったね、有益な話は聞けたかい？」

この村で元難民と出会えたのは僥倖《ぎょうこう》だった。お陰で集落を出た後の姿を見られて安心したし、不安も少しは和らいだ。

「話を聞けて良かったですが、それ以上に元気な姿を見られたことが良かったです」

「姿？」

「はい、元気でやっている姿です。集落の時よりも身なりが良くて、沢山食べているお陰か頬もこけてなくて、生気に溢れた姿です」

「分かるわ、そういう姿を見ると安心するわよね」

集落にいた時と比べてみると、その差は一目瞭然だった。それらは色んな要因が重なって良く見えているのは分かる、一番分かりやすい変化だ。

「村での生活が充実しているからこそ、心に余裕があるからこそ、普通の人のように見えました。集落を出たからあんなふうになれたんだな、と強く感じます」

「僕には難民との差が分からないけど、彼らの姿は普通の村人のように見えた。振る舞いだって雰囲気だって村人そのものだった。やっぱり、難民の時とは違うのかい？」

「違いますね。難民だったら、どこかに哀愁が漂っていたり、どこかに諦めの雰囲気があったりして後ろ向きな雰囲気なんです。でも、それが一切なかった」

「そうか、リル君が言うんならそうなんだろうね。彼らは集落を出たからこそ変われたんだよ」

出る前に変わった訳じゃなくて、出たから変化があったのかも。環境が変わったからこそ、変わらなくてはいけない状況になったのかもしれない。

その変化は悪いものではなくて良いもので、心に余裕が出るほどのものだ。環境が変わって大変なのに、あんなに明るく前向きになっていたのはすごいことだ。

集落を出るということはここまで人を変える力があるなんて思いつきもしなかった。平和な時間が失われると思っていたのは、私の思い違いだったのかもしれない。

「集落を離れることでみんなと別れることばかり考えていましたが、その分新しい出会いもあるんですね」

「私も同じような考えだったわ。別ればかり気にして、新しい出会いを考えていなかった。でも、それは外に出た時に考え方が変わったの」

「そうだよ、離れるということは別れだけじゃなくて出会いの始まりでもある。悲しいことばかりじゃなくて、楽しいことだってあるはずさ」

「離れた人たちが元気で過ごしているのを見て勇気付けられました」

「なら、集落は出られそうかい？」

ファルケさんの問いにまだ即答できない。集落を出たみんなが元気で過ごしている姿を見ると自分も、と思う気持ちはあるがみんなとは状況が違う。

集団で出て行ったみんなと一人で出て行かなければいけない私。そして、その先で待ち受けることは人それぞれ違うという考えが私に二の足を踏ませる。

それでも、以前よりは考えが固くならない。もっと柔軟に考えられるだけ、良くなったかもしれない。

「まだ、もうちょっと考えたいです」

「いいんじゃないか。急ぐことではないし、いっぱい悩んでしっかりと決めていけばいい」

「リルがこれだ、と思う答えを出せればいいと思うわ。応援してるわね」

答えが出ない私の背中は押すが決して急かさないファルケさんとカルー。それがとてもありがたく思えてくる。

「色々と相談に乗ってくださってありがとうございます」

「いいのよ、気にしないで。リルを放っておけないんだから」

「いいんだよ。これも何かの縁なんだから、気にすることはない。さて、そろそろ寝ようか」

「はい」

「そうね」

雑談は終わり寝る時間となった。寝る前の語らいはとても楽しいもので、クエスト生活が充実しているように感じる。最後の商売も気を抜かずに頑張ろう。

◇

次の日の朝、起きると先に馬に水と餌をあげた。この数日間で馬とも仲良くなれた気がしてとても気分がいい。首を撫でると大人しく撫でさせてくれるから嬉しいな。

私とカルーが馬の世話をしている間にファルケさんが朝食の準備を進めた。朝のスープにパンだ。集落ではスープだけなのでこの生活でパンも食べられることができて良かったな。

朝食が終わると今度は昨日残った商品を並べる。地面に布を敷き、その上に商品を並べていく。昨日よりも商品が少ないから見栄えよく並べないとね。

ファルケさんと二人で商品を並べ終わる頃には、周囲に村人がちらほらと姿を現す。仕事前に見に来た人たちだろう、そわそわとこちらを見てきていた。

「おはようございます！　エルクト商会の出張所、開店だよ！」

ファルケさんが大声を出して開店を知らせると、遠巻きに見ていた村人が近づいてきた。まだ朝の早い時間帯だからそんなに人はいないけど、これから人が増えそうだ。

これが最後の接客だから、積極的に話しかけていく。まずは挨拶から始めて、それから商品についてうかがいを立てる。話を聞いて希望に近い商品を薦めて値段を伝えていく。

地道な声かけのお陰で朝一番から商品が売れていく。値段の安いものでも高いものでも、自分の声かけがきっかけで売れていくのが思いのほか楽しい。

顔は自然と綻んできて、笑うことができる。自然に出てきた笑顔はお客さんも笑顔にして、とても気持ちが良かった。

「いい商品薦めてくれてありがとよ」

「お買い上げありがとうございました！」

そんなやり取りも楽しい。お辞儀をして見送ると、他の村人がこちらに近寄ってくる姿が見えた。それも結構沢山。これからお客さんが増えていくようだ、気合を入れて頑張らないと。

商品の周りには人だかりができてとても賑やかになった。まぁ、その代わり私も忙しくなってしまったけどね。休む暇もないままお客さんと会話をしながら商品を売っていく。

忙しい時間はあっという間に過ぎていき、お客さんがだんだんと減ってきた。接客に余裕が出てくると、今度はお客さんとゆっくりと会話を楽しむ。

日常のことや仕事のこと、最近あった出来事など色んな雑談をしていく。その間もしっかりと欲しそうな商品のうかがいを立てたり、オススメを会話に混ぜたりする。

そんな楽しい商売の時間もそろそろ終わりを迎えようとしていた。沢山並んでいた商品も大分減り、お客さんも残り一人となってしまった。その一人をファルケさんが対応する。

「またごひいきに！」

最後のお客さんが離れていく。とうとうこれで終わりだ。マジックバッグを取り出して、商品を順々に片づけていく。私とカルーが商品を片づけている間に、ファルケさんは馬車の用意を進めていった。

片づけるものが少ないせいか商品もすぐに片づけることができた。木箱にマジックバッグを詰めると、今度は木箱を馬車の中に入れていく。そうして、広場には馬車しか残らなくなった。

さぁ、帰ろう。そう思った時、こちらに近づく人影があった。それは元難民の女性たちだ。

「みなさん、どうしたんですか？」

驚いて駆け寄ってみる。すると女性たちは笑顔を浮かべて、こういった。

「リルちゃんのお見送りよ」

「集落に戻っても元気でね」

「また、ここに来る用事があったら顔見せてね」

「みなさん……ありがとうございます！」

最後に顔を見られて良かった。少しだけの立ち話をしたけど、それで十分だった。この村に来ることができて本当に良かったな。

◇

町への帰路は村へ行く時と変わりなく平穏だった。時々魔物が襲ってくるが大した数でもなく、強敵でもないので脅威ではない。

馬車の後ろから魔物を警戒したり、馬車を降りて歩いてみたり、雑談をしたりと何かとやることがあったので退屈はしなかった。そんな旅路も残り一日となる。

その日の昼食を終え、馬車の中に座って移動をする。いつものように馬車の後ろから外を確認して、魔物が来ないか見続けていた。魔物の影はなく、馬車は順調に進んでいる。

馬車が動く音と馬が地面を蹴る音だけが聞こえる、穏やかな日中。そんな時間に考えることは一つ、集落を出ることだ。

「ねぇ、リルは集落を出るの？」

そんな時、カルーが話しかけてきた。

「今、考えているところなんです。集落での生活は自分にとって心の支えだったんです。それは思った以上に大事なことで、今の私があるのは集落があったからだと思います」

「そう、集落はとても大切な場所なのね。そんな大切な場所を出るということを考えるのは辛いと思うわ」

「カルーも辛かったんですか？」

「はじめは辛かったけど、みんなのお陰で吹っ切れたの。だから、平気になったわ」

そっか、カルーはみんなのお陰で孤児院が出れるようになったんだっけ。その決断は凄いと思う。心の支えだった集落を出る、という現実を目の当たりにした時に私は出たくないと思ってしまった。難民を続けてもいい、と思ってしまった。

「今はまだ集落を出ることを考えるのが辛い？」

「以前よりは辛くなりました。今辛いのは、今まで目標に向けて頑張ってきた自分を否定していることです」

今までの頑張りを無下にはできないけど……そんな思いがぐるぐると私の中で巡った。

前なら考えることも嫌になって現実逃避をしていたが、今は違う。外の世界というものを知って、私の考え方も変わってきた。元難民のみんなに出会ったお陰だ。

「じゃあ、ちょっとは前向きになれたんだ。それはいいことだよ」

「前向きになれたんでしょうか」

「うん、なれてるよ。だって、リルの顔が悪くないもの。リルのあの時の顔ったら、本当に辛そうにしてたんだもの、すごく心配したわ」

「うっ、そんな顔してました？」

「してた、してた」

そう言ってカルーは笑った。私ってそんなに感情が顔に出ていたっけ、自分で見られないから分からない。

でも、集落を出るということを前向きに捉えられるようになった。だからもっとよく考えてみようと思う。

「私、考えます。集落を出ることを」

「いいんじゃない。話を聞かせて」

みんなとの別れは辛いけど、いつかは別れなきゃいけないんだ。みんなだってそれを考えているし、覚悟だってあるから働いていけているんだと思う。

「集落を出た私はどうすればいいんでしょう」

「そうね、一番いいのは町に住むことなんじゃない？　今、働いている町に住めればいいと思うわ」

あの町で暮らすのがいいんだろうか？　それが一番安全だし、無理なく集落から出ていける。

普通ならそのほうがいいだろう。分かっているんだけど、なんだかしっくりと来ない。それはきっと私の中で他の目標が生まれたからだと思う。

「あの町に住むのが一番いいのは分かります。でも、私には違う思いがあるんです」

「あの町しか知らないリルが他のことを考えているの？」

「はい。難民に手を尽くしてくれた領主さまのために働いてみたい。その思いがあるんです」

「なるほど、領主さまのためにね」

難民に手を尽くしてくれた領主さまのために働いてみたい。その思いがやっぱり私の中にあったし、時間が経っても消えてなくならなかった。

「でも、あの町に領主さまはいないみたいなんです」

「へ、そうなの。てっきり、町にいると思ったわ」

「あの町にいるのは代官で、本当の領主さまの代わりに違う人が治めているみたいなんです」

「じゃあ、本当の領主さまっていうのはどこにいるの？」

「コーバス、という違う町にいるそうです」

その目標を追うためにはコーバスという町に行かなくてはいけない。

「集落を出て、知らない町に行くのってハードルが高いよね」

「そうですよね、ホルトで暮らしていければいいのは分かっているんです。でも、コーバスが気になっているんです」

「そう……」

私の気持ちが外向きになっていた。きっと今回の旅で外を知ったからだと思う、外は怖いものばかりじゃないって知れたから興味が湧いてきたんだと思う。

心に余裕ができたのはカルーやファルケさんや元難民のみんなのお陰だ。みんなの話を聞いて、もしかしたら自分もそうなれるんじゃないかと期待した。

誰かができたから自分もできる、なんて調子に乗った考えかもしれないけど悪い気分じゃない。ただ前例があるだけで、こんなにも考えを軽くしてくれるなんて思いも寄らなかった。

「安全をとってホルトに残るか、思い切って外に飛び出してコーバスに行くか。その二つを考えた時、気持ちはコーバスに傾きました」

「リルはそれでいいの？　コーバスに行けば親しい人たちともお別れになるわ。仕事だってしづらくなるかもしれない。コーバスに行くってことは、今まで築いてきたものを手放すことになるのよ」

カルーがとても真剣な顔で話してきた。だから、私も真剣に話す。

「カルーの話、聞いていて胸が痛みました。それを手放してまでコーバスに行く価値があるのか、それがはっきりしません」

「……そう。でも、それじゃダメよね」

「はい、はっきりさせようと思います」

このまま立ち止まってはいられない。

築き上げてきたものが大切かそれとも新しい目標が大切か、決めないといけない。今の私はどっちが大切なんだろうか。

「以前の私は築き上げたものから離れるのが嫌でした。でも、今は違います。新しい目標を見つめている自分が大切だって思えるようになったんです」

「そうね、前を向いて進むリルのほうが大切だと思うわ。それって、すでに新しい目標のほうが重要になっているんじゃないかしら。リル、よく考えて。どんなふうに思ったのか」

「私は……」

目を閉じて考える。新しい目標のほうが重要だと思えたきっかけを。

「私は、築き上げてきたものが全てじゃないって思えたんです。築いてきた信頼は場所が違っても、また築くことができることを知りました」

元難民のみんなの姿を見て、他のところでも絆を作ることができると知ったから、私の中で集落への固執が薄れていったからだ。他でも築き上げられるのだから、離れることも考えられたんだ。

「でも、もう一度築き上げることは容易じゃないわ。きっと、リルは苦労することになると思う。それでもリルは一歩を踏み出せる？」

カルーの話は痛いほどよく分かる。それで私は苦しんでいた。でも今は全然苦しくない。その苦労が苦じゃないって思っているんだと思う。

また築き上げられると知ったから私は一歩を踏み出す考えができたんだ。

「リルはその一歩を踏み出せる？」

「私は……」

今まで躊躇していた気持ちが前へ進み出そうとしている感覚はむずむずした。今にも走り出してしまいそうな高揚感まで感じてきている。私の気持ちは決まった。

「私……集落を出て、コーバスに行ってみようと思います。もし無理なら戻って来ればいいし。そう……いつだってホルトに戻って来れるんです」

決めたら急に視界がパアッと開けた気がした。今まで悩んできたものが晴れて鮮明になったみたいに見えやすくなる。そうだ、そう考えれば良かったんだよ。

一歩踏み出してしまえば不思議と体が軽くなる感じだ。散々悩んでいたこともそんなことか、と笑うことができるほどに些細なものだと思うことができる。

カルーを見てみると、呆れるように笑っていた。

「リルが決めたんなら、私からは何もないわ」

「カルーが話を聞いてくれたから決断できました。本当にありがとうございます」

「私が役に立ったのなら嬉しいわ。私はただリルの背を押しただけよ」

カルーがいなかったら、もしかしたらまだ悩んでいたかもしれない。今、カルーがそばにいてくれて本当に良かったと思った。

私はその場を立ち、御者台にいるファルケさんに近づいた。

「ファルケさん」

「ん、どうしたんだい？」

「私、集落を出てコーバスに行ってみようと思います」

今まで相談に乗ってくれたファルケさんに私の気持ちを打ち明けてみた。するとファルケさんはこちらを振り向きながら驚いた顔をする。

「集落を出るだけじゃなくて、コーバスにも行くのかい？」

「はい。コーバスには難民のために手を尽くしてくれた領主さまが住んでいるので、領主さまのために何かできることはないかと思ったんです」

「……そうなんだね、領主さまがきっかけでコーバスに、か」

感慨深いようにファルケさんは呟いた。しばらく無言だったけど、すぐに表情を明るくして口を開く。

「いきなりのことで驚いたけど、気持ちの整理はついたのかい？」

「はい、ファルケさんが相談に乗ってくれたお陰です、ありがとうございます」

「僕は話を聞いただけさ、解決したのはリル君自身だよ」

嬉しそうにそう言ってくれて救われる気持ちだ。

「集落を出るのは勇気がいることだし、ましては他の町にいくなんてことも勇気がいることだ。リル君は進もうと思えば進める子だから、頼もしい限りだよ」

そう言って褒めてくれたファルケさんの表情はとても嬉しそうに見えた。ただの雇われ冒険者なのに、こんなに気を遣ってくれてファルケさんには感謝しかない。

その気持ちを無駄にしないように、私は進んでいこう。

66　はじめの一歩

ホルトの町についたのは昼過ぎ頃だ。馬車の中から久しぶりに見たホルトの町に少しだけ胸が高鳴った。ようやく戻ってこれたんだ、嬉しさが込み上げてきた。

馬車はゆっくりと南門を抜けたところで止まる、どうやらお別れの時間がやってきたみたい。ファルケさんが御者台から降りるのを見ると、私も馬車の後ろから地面に降りて馬車の前へと移動する。

ファルケさんはにっこりと笑って迎え入れてくれた。

「リル君、お手伝い本当にありがとう。君と一緒に仕事ができて良かったよ」

「はい、私もです。ファルケさんと一緒にお仕事ができて楽しかったです」

「これが報酬とクエスト完了の報告書だ、受け取ってほしい」

マジックバッグの中からお金が入った袋と一枚の用紙を出して渡してきた。私はそれを受け取ると、すぐに自分のマジックバッグに入れる。

「また一緒に仕事がしたいと思っていたけど、コーバスに行くんだったよね。僕的には残念だったけど、向こうに行っても頑張るんだよ」

「ありがとうございます。ファルケさん、お元気で」

「リル君もね。またどこかで出会えたらいいね、じゃあ」

ファルケさんは御者台に乗ると、手を振った後に馬は進んだ。馬車の後方からカルーの姿が見える。

「じゃあね、リル。コーバスに行く前に私のところに寄りなさいよ」

「絶対に寄ります」

離れていく馬車を見て寂しい気持ちが溢れてきたが、それをぐっと堪える。いい人に出会えて本当に良かったな。ありがとうございます。

馬車に向かって一礼をすると、私も冒険者ギルドに向かって歩き出す。まずはクエストの報告、入金だ。それからコーバスに行く手段を見つけないとね。

◇

久しぶりにやってきた冒険者ギルド、中にいる人は疎《まば》らで空いていた。早速空いている受付に並ぶとすぐに対応してくれる。

「どうぞ」

「冒険者証とクエスト完了の報告書です」

「お預かりしますね、ただいま処理をしますのでお待ちください」

それらを受け取った受付のお姉さんは後ろを向いて作業をする。しばらく待っているとお姉さんがこちらを向いた。

「お待たせしました、報告書の処理が終わりました。あとは何かありますか？」

「コーバスに行きたいと思っているんですが、どうやって行くか分かりますか？」

コーバスの話をするとお姉さんはとても驚いた顔をした。

「リル様はコーバスに移られる予定なんですか？」

「一度行ってみようかなって思ってまして」

「そうですか、寂しくなりますね。……すいません、私語しちゃいましたね。コーバスに行くのには二つ方法があります」

寂しそうにちょっと俯いたお姉さんだけど、すぐに顔を上げていつも通りに戻った。

「徒歩と馬車の二つの方法があります。まぁ徒歩で行く人は稀なので馬車で行かれるほうがオススメなのですが、リル様はどちらの方法で行こうと思っていますか？」

「馬車で行こうと思います」

「そうですか、良かったです。馬車はひと月に二回、コーバス行きが運行されています。お店の場所は北側の大通りにありますので、馬車の看板を目印に見つけたら良いですよ」

徒歩は流石に厳しいので馬車で行こう。北側の大通りか、この後行ってみようかな。お金もどれくらいかかるか分からないから、とりあえず貯金はしないで全部持っていこう。

「後の詳しい話はお店の人に聞いてくださいね」

「はい、分かりました。色々と教えてくださってありがとうございます」

「お役に立てたなら良かったです。また何かありましたら何でもお聞きくださいね」

丁寧に優しく教えてくれて本当に助かるな。お姉さんに向かってお辞儀をすると、受付を離れた。

◇

冒険者ギルドを出て、北門に続く大通りを進んでいく。注意深く辺りを見渡しながら馬車の看板を探していった。中々見つからず戻ってもう一度確認しようか、と悩んでいると馬車の看板を見つけた。

近づいて見上げてみると、確かに馬車の絵が書かれてある。きっとここだ、店の扉を開けて中へと入って行く。

「いらっしゃい」

するとすぐ脇に受付があり、お姉さんがイスに座って声をかけてきた。私はお姉さんに向き直り、さっそく話を始める。

「あのコーバス行きの馬車があるって聞いて来たんですけど」

「コーバス行きかい、ならここであっているよ。何人で乗るんだい？」

「一人ですが、大丈夫ですか？」

「珍しい小さなお客さんだね、お金さえ払ってもらえば一人でも大丈夫。今だったら七日後と二十一日後が空いているけどどっちに乗っていく？」

ここがコーバス行きの馬車のお店らしい。どうやら二つほどコーバス行きの馬車が出ているらしいけど、どっちがいいだろうか？

「あの事前に何か用意するものはありますか？　それによって行く日にちを考えようと思います」

「なら始めから説明しようか。コーバスには馬車で六日かかる。昼食は係の者が作るけど、それ以外は用意してない。寝泊まりは馬車の中だったり、外だったりするね。必要なものは小腹が減った時用の食料と簡単な寝具くらいだね」

なるほど、コーバスには六日かかるんだね。昼食しか出ないらしいけど、朝と夜は自分で用意するしかないか。あと寝具か、寝具は今回の旅で買った物を使えば凌げそう。ということは、用意するものは食べ物と飲み物くらいだね。

なら用意するのにそんなに時間がかからなさそうだ、七日後にしよう。

「七日後でお願いします」

「はいよ、お代は五万五千ルタだよ」

うわっ、結構高かった。

「ふふ、高いって顔しているね。護衛費用とかも入っているから高くなっているんだよ」

「安全に旅をするにはお金がかかりますものね……えーっと、これでお願いします」

「はい、毎度あり」

マジックバッグからお金を取り出して支払うと、お姉さんはそれを受け取って数える。

「はい、丁度頂くよ。それでこの木札を乗車の時に出してほしい。これを持っていればお客とみなされて、馬車に乗れるんだ。出発は朝だよ、早めに北門まで来てね」

赤い木札に馬車の焼き印が押された木札を貰った。これが乗車券代わりなんだろう、大切にもってないとね。

でも、これでとうとう引き下がれなくなったんだね。決めたことは変えないけど、ちょっとした不安はまだ残っている。コーバスに行って本当に生きていけるんだろうか？

「ふふっ、もしかして馬車の旅は初めてで怖い？」

「あ、いえ……そういうのじゃなくて」

「なら、この町を離れるのが怖いのかい？」

「……そうかもしれません」

そう、まだこの町を離れるのが怖いって思っている。早い馬車に乗っちゃったけど、二十一日後の馬車でも良かったんじゃないかってちょっと後悔もしている。

「コーバスについたらそんな不安なくなると思うんだけどねぇ」

「えっ、そうなんですか？」

「そうだよ。コーバスはすごいところさ。この町なんてちっぽけに見えるくらい大きくて、人がいっぱいいて、賑やかな場所だよ。ここよりいい場所さ」

「そっか……」

コーバスってここよりも大きな町だったんだね。そうだよね、領主さまがいる町なんだもん、色々発展していてもおかしくはない。

「きっとお客さんも気に入るはず」

そう言ったお姉さんは笑った。それだけで不安は薄れていって、楽しみな気持ちが湧き上がってきた。ここよりも大きくて、人がいっぱいいて賑やかな町、か。一体どんなところなんだろう。

67　集落での告白

久しぶりに集落に戻って一夜を過ごした次の日。枯草の上に敷いたシーツの上で私は目を覚ました。くるまっていた寝具を掴みながら起き上がるといつも通りの掘っ立て小屋が見える。

とうとう、この家ともお別れの日がくるんだ。起きたての頭でそんなこと考えた。この枯草のベッドともお別れで、あと数日しか寝ないとなると寂しい気持ちが溢れてくる。

そして、今日難民のみんなにも伝えるつもりだ。この集落を出て行くって伝えた時、みんなはどんな反応をしてくれるのだろう。私と同じように寂しがってくれるのかな、それとも引き止めたりとかしちゃうのかな……どっちかなんていうのは分からない。

でも、もう決めたんだ。後戻りなんてしないよ。

「よし、言うぞ」

ぐっと手を握り締めて勇気を振り絞る。もう集落を出ることは怖くはないし、みんなと別れることも怖くない。ただちょっと寂しいっていうだけで、以前のような強い拒絶感はなかった。うん、やっぱり以前の私とは全然違うね。

ベッドから起き上がり、ゴザの上に移動すると、洗濯紐に吊るされた服を手にして着替えていく。今日は集落のお手伝いをする日だから、冒険者の服は着ないでおこう。着るのはシャツとズボンだけでいいね。

寝巻から外着に着替え靴を履くと準備完了だ。一応盗まれたら大変だから剣はマジックバッグにしまって背負って広場まで行こう。掘っ立て小屋を出て広場まで歩いていく。

歩いていくとちらほらと他の難民も広場まで移動をしているところだった。

「おはようございます」

「おはよう、リルちゃん。なんだか見るのは久しぶりだな」

「長期のクエストから帰ってきたばかりなんです」

「へー、そうなんだ。大変だったろ」

歩きながら他愛もない話をする。こうやって会話をするのもあと数日か……コーバスに行ってもこうして会話してくれる人がいるかな。どうなるかは分からないけど、自分の行動次第だよね。

会話をしながら歩いていくと広場についた。まだ配給は始まっておらず、人だかりはない。鍋に近づくと女衆が私に気づいてくれた。

「おや、リルちゃんじゃない。久しぶりだね、おはよう」

「おはようございます。クエストから帰ってきました」

「今回も長かったね、後で話を聞かせておくれよ」

「はい。配給のお手伝いしますよ」

「なら、芋のほうを配ってね」

「分かりました」

軽く会話をしてから鍋の隣に立つ。しばらく待っていると、配給のスープができあがったみたいだ。

「配給始めるよー。並んでー」

おばさんが声を上げると、周りで待っていた難民の人たちが鍋の前に列になって並び始める。私はスープをよそっている間に芋を手渡していく。

「あ、リルちゃんだ。久しぶりだね」

「はい、昨日クエストから帰って来たんです」

「へー、クエストだったんだ。ちなみにどんなことをしたんだ？」

「行商のお手伝いですよ。魔物討伐したり、村で商品を売ったりしてました」

「へー、リルちゃんってすごいなぁ。なんでもできるんだな」

並んでいる難民と話をしながらお手伝いを続けている。久しぶりに会うからなのか色んな人が話しかけてくれた。中には会話が長くなり過ぎておばさんから早く避けるようにと注意されてしまっている人もいるくらいだ。

久しぶりの温かい言葉の数々に私もつい嬉しくなって会話が多くなっていく。やっぱり、色んな人と話すのは楽しい。配給の仕事も忘れないように、会話をほどほどにしながら芋を配っていく。

「終わったね。さぁ、食べようか」

配給が終わり私は自分の芋を持ち、スープをよそってもらってみんなのところにやってきた。地面に座ると待ってましたと言わんばかりにみんながクエストの話を聞いてくる。私は配給を食べながらクエストであったことを話し始めた。

馬車での移動中のこと、村の様子のこと、商売のこと、そして元難民の人たちに出会ったこと。みんなが食いついたのはやっぱり元難民の人たちに出会ったことだ。みんな外に出て行った人の様子が気になり、色んな質問が飛び交った。

私はその質問に対して見たままを話した。身なりが良くなっていたこと、村に溶け込んでいたこと、楽しそうに買い物をしていたこと。それらを話すとみんなは羨ましそうにため息を吐いた。

「集落の外っていいわねぇ」

「そうそう、私たちも頑張らないとね」

「町に住みたいわ～」

みんなの意識が集落の外へ向いた。もしかしてここが話すチャンスなのでは？　少しだけ深呼吸をして口を開いた。

「あの、私も集落を出ようと思ってます。六日後にコーバス行きの馬車に乗って、集落を出ることに決めました」

思い切って話してみると、周りにいた人たちはポカンと呆気に取られた顔をして私を見た。初めは何も反応がなくて困った、ちゃんと伝わったよね？

「リルちゃん、この集落を出て行くの？」

「六日後に、本当？」

「はい、馬車も予約しておきました」

私の言葉の後にはシンと静まり返った。その後、なんて言っていいか分からないから黙っていると、突然声が上がった。

「リルちゃん、おめでとう！」

「おめでとう、リルちゃん！」

「とうとう出て行くのね、おめでとう！」

みんながいっせいにお祝いの言葉をかけてくれた。パチパチと拍手も送ってくれて、突然のことで驚いた。その声と拍手に周りにいた難民たちは気になったのかこっちに話しかけてきた。

「なんだなんだ？」

「どうしたんだ？」

「リルちゃんが集落を出て行くんだって！　しかもコーバスっていう町に行くんだよ！」

「なに、それは本当か！　やったじゃないか、リルちゃん！」

私の話が周囲にも広がり、ざわめきも広がっていく。私のまわりにだんだんと人が集まってきて、みんな声をかけてくれた。

「リルちゃんおめでとう、いつ出て行くんだ？」

「えっと、六日後です」

「結構早くに出て行くんだな。準備は万端か？」

「準備はこれからします」

「どうして違う町に行くんだ？」

「領主さまがいる町に行ってみたくて」

色んな質問が私に降り注いだ。周囲はとても盛り上がっていて、朝の配給の時間がとても賑やかな場所に変わった。私が一つ一つの質問に答えていくと、だんだんと人が離れていった。離れていっても周囲から盛り上がる声は常に上がっている。

難民のみんなにこうして祝福されて嬉しい。しんみりとしちゃうかな、と思っていたんだけどそういうことはなくて本当に良かった。集落を出ることはこういうことなんだなって実感できて本当に良かった。

思い切って行商のクエストを受けて良かった。集落の外を見たことで、外への恐怖は薄れていってしっかりと考えることができた。それに、ファルケさんと元難民に出会えたことも良かった。この出会いのお陰で私は一歩踏み出せることができたのだから。

周囲を見渡すと自分のことのように喜んでくれているみんな。集落を出るということが悲しいことじゃなくて嬉しいことなんだ、って強く実感した。集落を出ることを決めて良かった、今だったら心からそう思える。

「みなさん、本当にありがとうございます。祝ってくれて嬉しかったです」

「当り前じゃないのさ、仲間の門出は嬉しいものだからね」

「いなくなる寂しさよりも、目標に向かって出て行くことの嬉しさのほうが強いからね」

あんなに悩んでいたのが恥ずかしくなるくらいに祝われて笑顔も零れる。私、自分の目標に向けて一歩踏み出せるんだね。

68　お別れを言いたい人

配給を食べ終わると、集落の代表者に改めて集落を出て行くことを話した。代表者もそのことを喜んでいる態度で嬉しい。家を出て行く時の注意点とかを聞き、代表者は他の難民たちと一緒に町へと向かった。

私は久しぶりの集落のお手伝いだ。水桶を二つもって川へと行き、水を汲んで、身体強化をしながら集落に戻って水瓶に水を入れた。その次に穴ネズミ狩りを始める。いつものように穴を探し、そこから穴ネズミを引きずりだして石斧で動けなくした。

昼まで穴ネズミ狩りをすると、九匹くらい集まった。それを食糧庫に置いてもらい、私は昨日買っておいたパンと串焼きで家に帰ってから昼食にする。久しぶりの一人の食事であっという間に食べ終えた。

いつもなら訓練をするのだけれど、今日は用事があるので町まで行くことにする。集落を出ることを伝えたい人がいるからだ。お世話になった人には顔を出す予定。

時間をかけて町まで行き、今度は道具屋を目指す。最初に伝えたい相手はいつも仲良くしてくれたカルーだ。町の中をしばらく歩いていると目的の道具屋に辿り着いた。

扉を開けて中に入るとお客さんが一人入っているのが見える。奥の方に進んでいくと、カルーが受付で頬杖をついていた。

「あ、リル！」

私の姿を見かけるとすぐに反応をしてくれた。

「今日は買い物？」

「ううん、ちょっとお話がしたくて」

「なら、お客さんがいなくなってからでもいい？」

「うん、ちょっと店の中見てるね」

そう言って受付から離れて店の中を歩きながら商品を見ていく。そうやって時間を潰していると、お客さんが受付に行って会計を始めた。それからカルーがやり取りした後にお客さんは店を出て行く。

それを見送ると私は受付に近寄った。

「お待たせ、リル」

「ううん、時間作ってくれてありがとうございます」

「話したい事って何？」

「いえ、今日はその……」

いざ、言おうとすると言葉に詰まって中々言い出せない。カルーは不思議そうな顔をしつつも待っていてくれた。一度深呼吸をして気持ちを落ち着かせると、手を握り締めて口を開く。

「コーバスに行く日が決まりました」

「え、もう決まったの？　いつ、出ていくつもりなの？」

「六日後です」

「そっか、六日後に出ていくんだ」

カルーが少し寂しそうにつぶやいた。

「まさか、そんなに早く出ていくとは思わなかったわ。もう、決めたのね」

「はい、決めました。コーバスに行きます」

私は決意に満ちた目でカルーに伝えた。私はコーバスに行く、強い意志を目線で訴えた。

すると、カルーは柔らかい笑みを浮かべてくれる。

「リルの気持ちがぶれなくて本当に良かったわ。もし、気持ちが変わっていたら怒っていたところよ」

「カルー……」

「そんな寂しそうな顔をしないの。自分で決めたんなら、最後までシャキッとしなさい」

強い口調で応援されて、胸の奥が熱くなる。そんなカルーの表情がちょっと寂しそうに笑った。

「でも、正直言ってリルがいなくなるのは寂しいわ。仕事をしていると孤児院には頻繁に顔を見せにいけなかったから、私ちょっと寂しかったのよね。でもリルがちょくちょくここに寄って来てくれて、寂しくなくなったわ」

「カルー……すいません」

「何謝っているのよ、あんたが悪いわけじゃないでしょ。私がちょっとリルを頼っていただけよ、本当にそれだけよ」

カルーの正直な気持ちを聞いて私も寂しい気持ちが溢れてきた。カルーは笑顔を取り繕っているが、無理に笑っているように見えて仕方がない。

「私も寂しいです。カルーには冒険者になった時から何かとお世話になりっぱなしでしたね。とても不安な時期に一緒にいてくれて本当に助かりました」

「もう、何を今更。お節介かなってちょっと思ったんだけど、お節介かけて良かったわ。リルと出会ったおかげで私も仕事が見つかったし、こちらこそありがとう」

「私もありがとうございます」

ギュッと手を握って精一杯の笑顔を向けるとカルーも笑ってくれる。それでも寂しい気持ちは込み上げてきて、鼻の奥がツンとなった。

「コーバスに行く時には見送りに行くわ」

「いいんですか？　お仕事とかあるんじゃ……」

「それくらいどうにかなるわよ。そうだ。まだ時間があるならちょっと話していきなさいよ」

「お客さんが来るまでですね」

そう言って笑い合うとカルーの仕事の合間に会話を楽しんだ。楽しくも優しい時間はとても幸せで、いつまでも続いてほしかった。

◇

カルーのところが終わると次にレトムさんのパン屋にも行く。働いた後でもパンを買いに何度も行っており、急にいなくなると心配するんじゃないかと思って伝えに行く。

まだ夕方ではないので今の時間なら空いているだろう。そう思って行ってみると、案の定パン屋にお客さんの気配はなかった。開けっ放しのドアから中に入ると、カウンターに座っていた奥さんがこちらに気づいた。

「あら、リルちゃんじゃない。久しぶり、またパンを買いに来たの？」

「それもありますが、ちょっと話しておきたいことがありまして」

「そうなの？　レトムも呼ぶわね、ちょっと待っててね」

奥さんは腕の中であやしていた赤ちゃんを背負い、紐で縛ると店の奥へと消えていった。しばらくすると奥さんはレトムさんを連れて店の中に現れた。

「久しぶりだな。クエストが忙しかったのか？」

「はい、町の外に行くクエストを受けていたんです」

「あらー、町の外。いいわねー」

始めは他愛もない会話をした。最近のことを話したり、赤ちゃんの話をしたりと会話は移り変わっていく。

「それで、話っていうのはなんだ？」

レトムさんが本題を切り出した。ちょっと緊張しながらも私は口を開く。

「実はこの町を出て、コーバスっていう町に移ろうかと思っています」

「まぁ！」

「ほう」

二人は驚いた顔をした。私は順を追ってコーバスに行く経緯を伝える。しばらく二人はその話に耳を傾けて、頷きながら聞いてくれた。

「リルちゃんらしいって言えばらしいけど、心配だわ。知らない町に行くだなんて」

「大胆なことを考えたな。この町に残っていれば、いらぬ苦労をする必要もないと思うのだが。それでも行くのか？」

「はい。もしダメだった時はいつだって戻って来れますし、挑戦してみたいです」

奥さんは心配そうにしてくれて、レトムさんは険しい顔つきで問いかけてきた。それでも私の決意は変わらない。もしもの時はこの町に戻ってくればいいし、逃げ道だったらちゃんとあるから大丈夫だ。

二人は顔を見合わせた後に笑う。

「リルが決めたのなら言うことはない。行ってこい」

「本当に無理だったら戻って来るのよ」

「はい、ありがとうございます」

認められたようで嬉しい。深くお辞儀をして感謝を伝えた。

「買うパンはどれがいいかしら？」

「チーズパンってあります？」

「そろそろ焼き上がるから、ちょっと待ってろ」

「ふふっ、ならおしゃべりして待ってましょ」

話が終わるといつも通りの雰囲気になる。穏やかな時間はパンの焼けるいい匂いに包まれながら流れていった。

◇

レトムさんのところでパンを買うと今度は冒険者ギルドへと行った。今度お別れを言いたい人はロイさんなんだけど、今日は冒険に出ている日かな？　あとお世話になった図書室のおじいさんのところにも顔を出していこう。

冒険者ギルドにつくと三階に繋がる階段に直行する。階段を昇り三階に着くと、図書室の扉を開けた。中は相変わらず人気がなくて静まり返っている。その受付にはいつも通りにおじいさんが席に座っていた。

「おじいさん、こんにちは」

「おお、君か久しぶりだな。今日も調べものか？」

「ちょっとおじいさんに伝えたいことがあって来ました」

「わしにか？　どういうことかな？」

不思議そうにしているおじいさんに私は一呼吸を置いて話し始める。

「実はこの町を出てコーバスに移ろうと考えてます」

「何、コーバスへ移るじゃと。それは本当か？」

「はい」

それからコーバスに行くことを決めた経緯を伝えた。おじいさんは始めは険しい顔をしていたが、話を聞くとその表情は和らいだものになる。

「ふんふん、そういうことがあったのか。いい心掛けじゃが、知らない町に行くのは大変じゃぞ」

「それは分かっています。それでも行ってみようって考えたんです」

「まぁ、無理だったら戻って来ればいいしな。ここととは違って大きな町だから、慣れるのに苦労はするぞ」

「はい、覚悟の上です」

おじいさんは心配そうな顔で言ってくれたが、私が強く頷くと表情が緩んだ。

「口うるさくしてすまんな。まだ小さな子が大きな町に行くんだ。大人としては不安でな」

「他の人からも心配されました。その気持ちはとても嬉しいです」

「要領の良い君なら上手くやれると思う。頑張りなさい」

ここでも応援されて心の中が温かくなる。こんなに応援されたんだ。コーバスに行っても変わらずに頑張れそうだ。どんなことがあってもめげないぞ。

「教えてくれてありがとな。声をかけてくれて嬉しかったよ」

「そう言っていただけて私も嬉しいです」

微笑んだおじいさんを見て、ここに来て良かったなと強く思った。

◇

おじいさんと別れた後、一階の待合席で座ってロイさんが来るのを待つ。丁度冒険者が帰ってくるピークに当たったからか、ホールは冒険者で溢れかえっていた。

私はじっとして待ちながら扉を注視する。しばらくずっと見ていると、見慣れた風貌の人が入って来た、ロイさんだ。私は席を立ち、小走りでロイさんに近寄った。

「ロイさん」

「ん、リルじゃないか、久しぶり」

久しぶりに見るロイさんは以前よりも逞しく成長したように見えた、成長期かな？　新品だった鎧も小さな傷が目立っていて、冒険者稼業を続けているのが分かった。

「ロイさん、この後時間取れますか？」

「お、いいぜ。受付に行ってからでいいか？」

「はい、待合席で待ってますね」

気さくな感じで答えてくれたロイさんは受付に並ぶ列に向かって行った。私はまた待合席に座ってロイさんが終わるのを待った。

しばらく待っていると、ロイさんが駆け足でこっちに来てくれた。

「お待たせ」

「お疲れ様です」

「おう、今日もしっかりと稼いできたぜ。で、話っていうのはなんだ？　もしかして、いい狩場が見つかったとかか？」

話ながら席に座ったロイさんは落ち着かない様子で身を乗り出して聞いてきた。

「いいえ、私のことなんですけど……近々コーバスの町に移ることに決めました」

「何っ、コーバスの町に移るのか⁉　ど、どうしていきなり」

話し出すとロイさんはすぐに驚いて声を上げた。私は順を追って今回のコーバス行きの話を伝えた。難しい顔をしていたロイさんは話し終わってもまだ難しい顔のままだ。

「話は分かったが……大丈夫か？　慣れ親しんだ町を離れて、新しい町に行くんだ。まだまだ子供のリルが行くのは、ちょっと早くないか？」

「新しい町に行く大変さは理解しているつもりです。それでも私は行こうと思います」

「んー、でもなぁ。流石に……」

ロイさんは言い淀み腕を組んで考え始めた。しばらく唸りながら考えていたロイさんだったけど、唸るのを止めてこちらを見てくる。

「実はな俺も他の町に行こうと思っていた時があるんだ」

「そうなんですか？」

「でも、いざ自分の家から出るって考えると町に行くことを躊躇したんだ。新しい町へ行くこと、住み慣れた家を離れることが怖くなっちまったんだ」

自嘲気味に話し始めたロイさんは一言ずつ噛み締めながら気持ちを教えてくれた。そうして真っすぐな視線を向けて問いかけてくる。

「リルはさ、怖くないのか？」

その問いに私の答えは決まっている。

「ここを出るのは怖いです。見知らぬ土地で見知らぬ人だらけで、何もない状態から始めることが難しいことは知っています」

「分かっているのに、新しい町へ行けるのか？」

「行けます。困難が待ち受けているのは承知の上です」

不安そうな顔をしているロイさんは次々と質問をしてくる。きっとロイさん自身も考えたことなのだろう、その顔付きは不安そうにしていながらも真剣だ。

「私も集落を出ることにすごく悩みました。初めは出ないほうがいいんじゃないかって考えたくらいで、でもそれだと私はなんのために冒険者になったんだろうってまた違ったことで悩んだりしました」

「そっか、リルも色んなことに悩んだんだな」

「はい、いっぱい悩んだだけじゃなくて相談も乗ってもらいました。だから、集落を出ることが怖くなくなったり、次への一歩を踏み出すことができました」

一人で悩んでいたらきっと解決はしなかっただろう。相談に乗ってくれた人がいたからこそ、一歩を踏み出せたのだ。その人への感謝は今も胸の中に残っていて、思い出すと力をくれる。

「それにもしダメだった時は戻って来ればいいですから。それがあるだけでも、心が軽くなりますよ」

「そうだよな。ダメだった時は戻ってくればいい。失敗を恐れていたら何もできないもんな」

「私は失敗するつもりで行こうと思います！　これなら怖くありません」

「ぷっ、あはは！　なんだよそれ、おかしいじゃんか」

こぶしを握り締めて力説すると、ロイさんが笑ってくれた。

「そうか、失敗してもいいんだよな。その時は戻ってくればいいし、戻ってこられる場所があるから進めるんだもんな」

「まぁ、本当は失敗したくないんですけどね。でも、少しでもこうした逃げ道を作っておいた方が進みやすいんじゃないかなって思って」

「進むために逃げ道を作るか、なんだかリルらしくない言葉だな」

「そうですかね？」

「そうそう」

私らしいってどういうことだろう？　うーん、考えても思い浮かばないな。でも、ロイさんの表情が明るくなって良かったな。ロイさんも私と同じように悩んだんだろうなぁ。

「なんだか、それを聞いたら少しだけ安心したな。俺もそうやって考えられれば良かったな」

「ロイさんも違う町に行ってみますか？」

「……今はまだ勇気が出ない。でもいずれ行ってみたいとは思う。まだ、家を出るのは怖いかな」

少し恥ずかしそうに言った。でも普通はそうだよね。今までいた場所を離れるのは誰だって怖いし勇気がいることだ。

ちょっと俯きがちだったロイさんの顔が上がり、今度は真剣な表情で私を見てくる。

「リルの話を聞けて良かったよ。俺も町を出ることを前向きに考えられそうだ。なんだか、俺の相談みたいになっちゃって悪いな」

「いいんですよ。私もロイさんの話を聞けて、悩んでいるのが私だけじゃないって知れて良かったです」

「違う町にいってもリルなら大丈夫そうだな。きっと上手くやれるよ」

手を差し出された。その手に自分の手を重ねて握り合う、健闘を祈ると言われているようだ。その手から勇気を貰っているようで、自然と胸が熱くなった。

みんなから応援されて進む道は少しだけ楽しくなってきた。

69　集落のみんなへ

集落を出るまであと五日。出発の準備を進めないといけないんだけど、今日は用事があって平原までやってきた。目的はメルクボアだ、詳しく言うとメルクボアの肉が欲しくて平原まで来ている。

お世話になった難民集落のみんなに最後にできることはないかと考えた結果、美味しいものを食べてもらうことを思いついた。配給に大きな肉が入っていたら嬉しいもんね、だから頑張ろう。

周囲を見渡してメルクボアを探す。平原にはハイアントやDランクのゴブリンもいるから注意しながら進まなきゃいけないし、その中でもメルクボアは中々見つけにくいのが難点だ。

できる限り他の魔物を避けながら進むけど、全部を避けられることはできない。やっぱり戦闘にはなるし、そのせいで時間は取られちゃう。できれば今日一日で三体のメルクボアを仕留めたいから他の戦闘にあんまり時間をかけられない。

そうして、平原を彷徨っているとようやく一体目のメルクボアを見つけることができた。メルクボアの前に出ると、向こうもこちらを認識したのか臨戦態勢を取る。地面を何度も蹴り、突進する機会を窺っているようだ。

私も手を前に構えて魔法の準備をする。水球を作り上げていると、メルクボアが突進してきた。避けるタイミングを見計らい、接触する前に横に飛んで避けた。その時にメルクボアの側面に水球を打ち付けて水浸しする。

避けた後も手をかざして水球を作っていく。避けられたメルクボアは大きく旋回をしながら再びこちらに向かって突進を仕掛けてきた。今度も真正面からメルクボアと対峙し、接触寸前で横に飛んで避ける。そして、水球をぶつけて水浸しにした。

最後に水球をメルクボアの正面にぶつけると準備が完了した。ほぼ全身水浸しになったメルクボアは何も気にすることなく、何度目かの突進を仕掛けてくる。手をかざして雷の魔法を溜めつつ接触寸前までその場で待つ。接触直前になると横に飛んで避けると、かざした手に溜まった雷魔法を放つ。

「ブボッ」

感電したメルクボアは足をもつれさせ、地面の上に盛大に転がった。地面の上でビクビクと震えるメルクボア、様子を窺っているとよろめきながらだが立ち上がった。どうやらもう一発必要らしい。

メルクボアはこちらに向き直ると、また突進を仕掛けてきた、だが今度は遅い。手をかざして雷の魔法を溜めていき、ギリギリまでメルクボアを引き付ける。そうして接触寸前まで引き付けると、横に飛んで避けて雷魔法を放った。

「ブボォッ」

再度感電したメルクボアは体を硬直させ盛大に地面の上に転がった。その体が止まってもしばらく様子を見る、うんこれ以上動く気配がないな。そこでようやくメルクボアに駆け足で近寄った。

近寄るとメルクボアはビクビクと痙攣して動けなくなっていた。そこで剣を抜き、剣先を頭に添えると、身体強化を体にかける。それから勢い良く剣先をメルクボアの頭に突き刺す。少しの抵抗感はあったが深くまで差すことができ、メルクボアは痙攣しながら絶命した。

「ふぅ、これで一体目」

剣を抜いて一息つく。メルクボアとの戦闘は気が抜ける時が一度もないから緊張するな。これを後二回は続けないといけないから大変だ。いやその前に探し出すところから始めないといけないからもっと大変だ。でも、これもお世話になった集落の人のためだ。頑張ろう。

メルクボアをマジックバッグに入れると、再びメルクボアを求めて平原を歩き始めた。

◇

その日の夕方、ちょっと遅くなったけど冒険者ギルドに戻ってきた。遅くなったのには理由があって、実はメルクボアを四体も仕留めることができた。帰り道に運よくメルクボアを発見することができて、狩ることができたから嬉しい。

でも魔法を沢山使ったから、精神的にも肉体的にもヘトヘトになっちゃった。そんな重たい体を引きずってようやく冒険者ギルドの中に入ると、中はピークを過ぎたのか冒険者がまばらにいるだけだ。

列に並ぶと眠気が襲ってくるが頑張って起きている。そうやって眠気と戦いながら待っていると、すぐに呼ばれた。冒険者証を差し出し、討伐証明と素材であるメルクボアを差し出す。

「あの、お願いがあるのですが」

「はい、なんでしょうか」

「このメルクボアの肉を解体処理後に買い取りたいのですが、どうしたらいいのでしょうか？」

「それでしたら一度こちらで買い上げて、解体処理が終わってからお引渡しする時にお金を払ってもらえばいいですよ」

良かった、解体されたメルクボアの肉を買い取ることができるんだ。

「それでお願いしたいです」

「はい、引き受けました。今日中の解体は無理なので、明日の昼頃に来ていただけますか？」

「分かりました」

「ただいま必要な書類を纏めますので少々お待ちください」

もう夕方なんだし、これから四体のメルクボアの肉を受け取るのは無理だよね。明日のお昼か。ついでに他の用事も済ませておいた方がいいかな。でも買うものっていっても食料くらいしかないし、んーやることがない。

そんな事を考えている間に書類ができた。その書類にはメルクボアの買い取りの事が書かれており、判が押されている。それから解体所の場所を教えてもらい、最後に今日討伐した報酬を受け取ってお姉さんとのやり取りは終わった。

ということは、明日はお昼に冒険者ギルドに行って、お昼は町で食べて、食料以外で買い揃えるものを買って、カルーのところに行こうかな。お肉が食べられるようになるのは二日後になりそうだね。みんな喜んでくれるかな。

疲れた体を引きずって、町の飲食店を目指して歩いていく。

◇

翌日、昼までの時間を集落で過ごしてから町を目指した。まだお手伝いには早いけど水汲みをしておいた。そういえば、魔法で出した水って飲んで良いのかな、そしたら水汲みに行く必要もないんだけど。早めにそのことに気づいていれば良かったな。

いつも通りに門を進み、町を歩いて冒険者ギルドにやってきた。いつも来ない時間帯だからか中は閑散としていて、とても静かで珍しい。でも、今日はここには用事がない。ホールの奥にある通路へと進み、教えてもらった解体所を目指して歩いていく。

角を一つ曲がった先に扉がある、そこが解体所だ。扉を開けて中に入ると、そこはカウンターと奥に大きな机が幾つも並べられた場所だった。奥の方では動物や魔物の解体が進められていて、部屋の中に血の臭いが充満する。それでも窓を開けているから、臭いはそれほど籠っていない。

中へ進むとカウンターの前に座っていたお兄さんがこちらに気づいていくれた。

「いらっしゃい。どんな用事かな？」

「あの、お肉の買い取りをしたいんですけど」

そう言って用紙を手渡すと、お兄さんは用紙を確認した。

「あー、はいはい。話は聞いているよ。メルクボアの解体も終わったから、肉の引き渡しはできるよ。ちょっと待っててね、今持ってくるから」

お兄さんはそういうとカウンターの奥側に進んでいった。待っている間、奥の方で解体をしている光景を見る。おじさんたちが大きなナイフを持って皮を剝ぎ、部位を切り分け、余分な肉を削ぎ落している。その動きは洗練されていて職人に見えた。

その光景に見入っていると、お兄さんが台車を押してやってきた。

「おまたせ、四体分のメルクボアだね。ここに並べていくよ」

お兄さんはカウンターにメルクボアの肉を並べ始めた。その肉は昨日の原型を留めておらず、美味しそうな肉の塊に見えた。どれも骨付き肉になっていて、焼いて食べたら美味しいだろうなぁ。

「これで全部だ。精算してもいいかい？」

「はい、お願いします」

メルクボアの買い取り価格を聞き、その金額を支払っていく。売った時よりも値段が高くなっているのは仕方ないよね。これで安かったら逆に心配しちゃうよ。

「はい、ありがとね。これ全部持っていける？」

「マジックバッグがあるから大丈夫です」

「そうか良かった。これ全部君が食べるの？」

「お世話になった人に食べてもらうんです」

「へー、それいいね。いい肉だから、絶対に美味しく食べてもらえるよ」

そっか、いい肉なんだね。そう聞くと早く食べてもらいたくなるな。肉をマジッグバッグに入れると、お辞儀をして解体所を後にした。

◇

肉を受け取った後はお昼を食べた。それから馬車の旅で必要となりそうな食料以外のものを買い揃えて、カルーのところへ遊びにいく。お客さんがいない時に二人でおしゃべりをするのが楽しい。

このおしゃべりももう少しで終わりか。そう思うと寂しいけど、今は楽しいを分かち合いたい。

そういうことは考えないようにして楽しい時間を過ごした。

カルーと別れた後は夜ご飯をテイクアウトして集落へと戻る。いつもなら薄暗くなる時間に集落に辿り着くのだが、今日は夕暮れの時に帰ってくることができた。久しぶりに夕日で赤く染まる集落を見た気がする。

その光景を見てちょっとだけ寂しくなっちゃった。この集落から離れることを考えると、もっと寂しくなっちゃうな。でも、いつだって帰ってこれるんだから、帰ってくるつもりでコーバスに行こう、うん。

集落の広場まで来ると、食糧庫に近づく。その食糧庫の前には見張りのおばあさんがいてボーッと座っていた。そこに近づいて挨拶をする。

「こんにちは」

「ん、あぁリルかい。食料を持ってきたのかい？」

「はい、沢山持ってきました」

「ありがとよ。それじゃ、中に置いておいてくれ」

おばあさんが立ち上がると食糧庫の扉を開ける。いつものように中に入ると、マジックバッグから布を取り出して中へ広げた。そして、メルクボアの生肉を布の上に置いていく。その光景をおばあさんは見ていたけど、突然驚いた声を出す。

「ちょ、ちょっと待っておくれ！　一体どれくらい出すつもりだい」

「えーっと、あとこの三倍はあります」

「三倍だって!?　んー……とりあえず、全部出して見せて」

焦ったおばあさんのいう通りにマジックバッグの中に入っているメルクボアの肉を全部出してみた。すると、おばあさんは呆けた顔をしてその肉を見ている。

「あんた、これだけの肉をどこで手に入れたのさ」

「外の冒険者をしているので、狩ってきました」

「狩ってきたって、これを売ってお金に代えるんじゃないのかい？」

「このお肉はお世話になった難民集落のみんなに食べてほしくて狩ってきたものなんです」

「確かにこれだけの量があったら集落全員に大きな肉の塊を食べさせられることはできるとは思うけど……」

まだ驚いた顔をして肉を眺めるおばあさん。しばらく考えている顔をすると、こっちを向いて口を開く。

「昼の分の連中のもあるんだよね？」

「はい、昼の分も含めて狩ってきました」

「悪いんだけど、明日の朝の分の半分だけ置いてもらえるかい。残りはまた明日ここに置いてもらえると嬉しいんだが」

「分かりました。半分しまいますね」

やっぱり一度に置いておくと邪魔になっちゃうよね。私はメルクボアの肉を半分だけマジックバッグに戻した。うん、これでよし。後は明日の朝に調理してもらえればみんなに行き渡るよね。

食糧庫を出るとおばあさんは扉を閉めた。

「リル、こんなに沢山の肉を持ってきてくれてありがとね。朝の連中も昼の連中も喜んでくれると思う」

「そうだったら嬉しいです。私がここまでこれたのは集落のみんなのお陰なので、少しでも恩返しができれば」

「この肉を見ればリルの気持ちは伝わるさ。集落を出るのにここまでしてくれた人はいないのに、リルは本当にいい子だね」

そういったおばあさんは私の頭を撫でた。久しぶりに感じた人の手のぬくもりに胸の奥が温かくなる。

「明日が待ち遠しいね」

「はい！」

◇

次の日の朝、いつも通りに目覚めた。体を起こして、座りながら背伸びをする。しばらくボーッとして頭が覚醒するのを待った。次第に思考が鮮明になっていくと、ベッドから出てゴザの上に立ち上がった。

それから吊るされた服に手を伸ばして着替え終わると革靴を履く。準備が完了すると家を出て広場に向けて歩いていった。広場につくとまだ配給は始まっていないようだ。お手伝いをするために鍋がある場所に近づいていくと、女衆がこちらに気づく。

「リルちゃん、お肉見たよ！」

「あんなに大量のお肉見たのは初めてだよ」

「あーいう魔物を退治したんだってね、すごいねぇ」

するとすぐに声が掛かった。みんなが喜んでいるのが目に見えて嬉しくなる。鍋に近づいて中身を見てみると、ゴロゴロとした肉が沢山入っていて、今にも鍋から零れ落ちそうになっている。

「この量だとみんなに肉が行き渡るよ、ありがとねリルちゃん」

「朝からこんなに大きな肉が食べられるなんて贅沢だよ」

「お世話になった皆さんに少しでも恩返しができて良かったです。どうやったら喜んでくれるか考えたんですけど、食べ物がいいかなって思って」

「そこまで気を遣ってくれて、本当にありがたいねぇ」

「さぁ、できたよ！　リルちゃんは今日のお手伝いは休みだよ」

鍋の中には大量のお肉が入ったスープが出来上がっていた。

「朝の配給ができたよ！　今日のスープにはリルちゃんが獲ってきた魔物の肉が入っているよ！」

「リルちゃんがみんなにお世話になったからそのお礼にっていうことらしいよ！」

女性たちがわざわざ声を上げて説明をしてくれた。ちょっと恥ずかしくなるけど、悪い気分にはならない。

「リルちゃんも何か一言いいな」

「えーっと、私がここまで来れたのは集落のみんながいてくれたお陰です。その恩返しにみんなにお腹いっぱいにお肉を食べてもらいたくてメルクボアという魔物を獲ってきました。美味しく食べてくれたら嬉しいです」

私がここまでこれたのはみんながいてくれたお陰だ。その感謝を形にするためにメルクボアを狩ってきた。その思いを伝えると、周囲から拍手が沸き起こる。ところどころ声をかけられるからちょっと恥ずかしいな。

「配給をくばるから、列になって並びなよ」

「リルちゃんは先にお食べ」

そう言ってスープの入ったお椀と芋を渡された。お椀はずっしりと重くて驚いてしまう。こんなに沢山のお肉が入っていて食べ応えがありそうだ。早速地面に座りスープに入っているお肉を頬張る。

「ん、美味しい」

弾力のあるお肉で力を入れないと噛み切れない。中々に食べ応えのあるお肉で、食べてるっていう感じがして好きだ。噛むたびにジュワッとあふれ出る肉汁も美味しくて喉が鳴る。

周りを見てみるとみんなお肉を頬張っていた。嬉しそうな顔をして、美味しそうに食べる姿は見ていて嬉しくなる瞬間だ。女衆も集まってお肉を頬張り、みんな美味しそうに食べている。

「お肉美味しいわね。食べ応えがあってジューシーで」

「リルちゃんが獲ってきたっていうんだから、凄いわねぇ。私たちにはそんなに強そうには見えないけど、なるほどねぇ」

「これだけの大物を仕留められるんだから強いのよ。小さいのにすごいわねぇ」

褒められると照れてしまう。でも、本当に喜んでくれて良かったよ。ちっぽけな恩返しだったかもしれないけど、気持ちが伝わって良かった。この幸せの時を忘れないように、しっかりと目に焼き付けておく。

70 出発前日

とうとう明日コーバス行きの馬車が出る、長かった集落生活とはお別れだ。

前世の記憶が戻ってから二年近くも経ったけど、ここまでは順調に生きていけたと思う。そんな私も十二歳と六か月になった、体つきは少しずつ大人に近づいてきてやれることが多くなってきたようにも思える。そういえばこの世界の大人って何歳からなんだろうか？

まだ子供に見られているから大人に見られるのは当分先のことになるだろう。子供の姿って得なこともあるけれど、不自由な部分もあるからなんとも微妙な感じだ。早く大人になりたいけど、これればかりはどうにもできない。

今、不安なのは子供の姿でコーバスの町で冒険者稼業がしっかりとできるかどうかだ。大きな町っていうからには色んな人がいて色んな冒険者もいるってこと。この町にはいないような人もいるということだ。

子供だからって絡む人はいなかったけど、コーバスでは違うかもしれない。目立たずに冒険者ができればいいんだけど、子供の姿って目立つと思うから不安でしかない。絡まれた時の会話の練習とかしておいたほうがいいんだろうか。

コーバスに行くのに楽しみな部分もある。ここにはないお店とかいっぱいありそうだから、美味しい物も沢山あるんじゃないかって思っている。お金に余裕があったら食べ歩きとかしてみたいな。そうそう、貯金は現在四百万ルタ貯まっていて、あと現金で十万ルタを持ち歩くことにした。旅の途中で何があるか分からないから、ちょっと怖いけどそれなりのお金を持ち歩くことにする。

これだけのお金があればコーバスに行ってもしばらくはお仕事しなくても大丈夫そうだ。でもいつ何時働けなくなるか分からないから、できるだけ早く働けるように頑張っていこう。でも、少しはコーバスの町を見て歩きたいな。ちょっとだけならいいよね。

そんなコーバスに行くためには馬車に乗らないといけない。馬車の旅は六日間、その間の昼食は出してくれるけど朝と夜の分がなかった。あんまり動かないから一食でも大丈夫そうだけど、小腹が空いてお腹が鳴るのは嫌だから簡単に食べられるものを買ってこようと思う。

朝の配給を食べた後、旅に必要なものの準備を始める、まずは水だ。ここでやっておきたいことがある。魔法で出した水は飲めるのか問題。両手をくっ付けてその手のひらの中に水が溜まるように魔力を放出する。

すると、手のひらの中に水溜まりができた。その水溜まりに口を寄せて水を一飲み、うん飲める。飲めるけど、なんだか美味しくない。これだったらいつもの水のほうが美味しいから、いつも通り飲み水を作っていく。

まず、いつも配給で使っている鍋を借りる。かまどに設置して中に水をいっぱいに入れると、火を起こして煮沸する。煮立った水をかき混ぜながら冷ましたら、小さな樽の中に入れた。これで旅の途中の水分補給は問題ない、あとは飲む分だけ水筒に入れておけばいい。

次に食料だ。朝と夜の食事をどうするかなんだけど、多分作っている暇はないよね。だとすると、調理もせずに食べられるものを買わないといけない。ここは無難にパンと干し肉と干し果物を買っていこうと思う。

えーっと、予備で一日分多く買うとしたら七日分だから、十四食分買っておかないとね。パンはレトムさんのところで買って、他の食料は食品店に行けばいいよね。美味しいものが見つかるといいな。

◇

「毎度あり」

早めの昼食を食べてから食品店に行くと干し肉も干し果物も売っていた。それを大量買いすると少し驚かれたが、馬車の旅に必要だと答えれば納得したように笑顔になってくれる。

「馬車の旅、気をつけてね」

「はい、ありがとうございました」

買った物は専用の袋に入れてもらい、マジックバッグにしまいこんだ。良くしてくれた店主にお辞儀をして礼を言い、お店を出て行く。これで旅の準備はパンを買うだけになった。

でも、パンを買う前に行きたいところがある。私は目的の場所、冒険者ギルドへと足を進めていた。この町を出る前にお世話になった受付のお姉さんにお別れを言いたかった。迷惑じゃなかったらいいな。

大通りを進んで冒険者ギルドへと向かった。歩き慣れた道を進むと冒険者ギルドが見えてくる。いつもと変わりなく扉を開けて中へと入ると、見慣れたホールと受付があった。

中は閑散としており、冒険者も数えるくらいしかいない。この時間なら話しても邪魔じゃないよね。私は受付を見て確認すると、お世話になった受付のお姉さんを見つけた。ちょっとだけ緊張する。一呼吸を置いてお姉さんの前に並んだ。

「こんにちは、今日はいかがしましたか？」

いつも通りにニコリと笑って対応してくれる。この笑顔には助けられたことがいっぱいあったな。登録に来た時なんか必要以上にビクビクしていたし、今思えば恥ずかしい態度だったかな。

「えっと、実は明日この町を発《た》つことになりまして、それで最後の挨拶をしたくてきました」

「まぁ、わざわざありがとうございます。とうとう明日発たれるのですね、なんだか寂しくなっちゃいますね」

「今までありがとうございました。何も分からなかった時から優しく教えてくれて本当に助かりました」

「そう言っていただけて、仕事を褒められたようで嬉しいです。少しでも冒険者のお仕事の力添えができたのなら良かったです」

お姉さんは変わらない笑顔を向けて対応してくれる。それが本当に嬉しくて私も自然と笑顔になった。ふと、人の気配がして周りをみてみると他の職員さんもこちらを向いて笑っていた。このお姉さんだけじゃなくて他の職員さんにも助けられたことはあったなぁ。

「みなさん、本当にありがとうございました。もしかしたら、また戻ってくるかもしれませんが、行ってきます」

「リル様、いってらっしゃいませ」

「いってらっしゃい」

「またなー」

お辞儀をしてお別れの言葉をいうと、受付のお姉さん以外の職員さんも言葉を投げかけてくれる。顔を上げるとみんな笑顔でこちらを見ていて、胸の奥が熱くなった。名残惜しいと思うのはおかしなことじゃないよね。

精一杯のお別れの笑顔を向けて、私は冒険者ギルドを出て行った。

◇

なんだか泣きそうになっちゃったけど、これが最後ではなくいつか再会するためのお別れだ、そう思うと気持ちが軽くなる。次はレトムさんのところへ行こう。旅で必要なパンも買わなくちゃね。

歩き慣れた道を進んでいくと、レトムさんのパン屋が見えてきた。昼を過ぎた時間だから空いているはずだ。店の前まで来て開けっ放しの扉から中を覗くとお客さんは誰一人いなかった。

「あら、リルちゃんいらっしゃい」

「お久しぶりです。パンをください」

姿を見せると受付に座っていた奥さんがすぐに気づいてくれた。腕の中であやしていた赤ちゃんを背中に回して紐で縛ると立ち上がる。

「えーっと、どれくらい欲しいのかしら？」

「木の実パン七こ、ベリーパン七こください」

「あら、沢山必要なのね」

「はい、明日この町を発つので馬車の旅に必要なパンを買いに来ました」

「そう、とうとう明日出発してしまうのね。寂しくなるわね」

さらっと言うと、奥さんは少しだけ顔を伏せて寂しそうに笑ってくれた。すると、奥さんは店の奥に行くと、レトムさんを連れてきてくれる。不愛想なレトムさんの表情がさらに険しくなったのを見た。

「明日、出発するのか」

「はい、お世話になりました」

「こっちこそ、働いてくれてありがとう。お陰で妻は元気でいる」

言葉の数は少ないけど、感情のこもった声で話しかけてくれる。不愛想だったけど、本当は優しくて頼もしいレトムさん。ここで働いていたことは忘れないだろう。難民の子供を半年も雇ってくれたんだもの、感謝しかない。

パンを買い、マジックバッグに入れると少しだけ会話をした。気をつけて行っておいで、と言われた時には寂しさが込み上げてきてどうしようもなかった。それでも行くと決めたから、私は二人に別れを告げた。

「ありがとうございました」

お店の出入口で深々とお辞儀をして私は店を離れた。またここに来ることを夢見て、私は町を出て行くんだ。

◇

レトムさんのところへ行った後はカルーのところへ行く。店の中に入ると今日はお客さんがいなかった。気兼ねなく奥へと進むとカウンターにカルーがいる。

「あら、リルいらっしゃい」

「こんにちは。明日コーバス行きの馬車に乗るので、挨拶にきました」

「そっか、とうとう明日になっちゃったのね」

早速本題を伝えるとカルーは寂しそうな顔をしてつぶやいた。楽しくおしゃべりをするのも今日で終わりだ。そう思うと寂しい気持ちが溢れてくる。でも、今だけはその気持ちを抑え込んで楽しくおしゃべりをした。

カルーに話すのは集落のことやクエストのことが多い。普段聞かない話にカルーは楽しそうに聞いてくれた。もちろん、カルーの話も聞く。カルーの話は商売のこととか、店主のこと、時々遊びにいく孤児院のことが多い。

今日も話題に尽きなくてお客さんが来ない間はおしゃべりして楽しい時間を共有する。でも、それももう終わりに近づいてきていた。

「カルー、そろそろ行きますね」

「あ、リル！」

「なんですか？」

「……ううん、なんでもない。明日、見送りに行くからね」

「はい、嬉しいです。待ってますね」

明日会う約束をして、私はお店を出た。明日の見送りが楽しみだ。

◇

その後、また冒険者ギルドに戻った私は図書室のおじいさんにお別れの言葉を言い、それから待合席で座ってロイさんが来るのを待った。外はもう夕暮れになっていて、冒険に出ていればそろそろロイさんが現れる時間だ。

ホールが冒険者でごった返している中、私は出入口を見つめてロイさんの姿を探す。しばらく見ていると、ロイさんが冒険者ギルドの中に入って来た。すぐに立ち上がってロイさんに駆け寄った。

「ロイさん、お久しぶりです」

「おぉ、リルじゃないか。今日はどうしたんだ？」

「明日、コーバス行きの馬車に乗るのでお別れを言いに来ました」

「そうか、わざわざありがとう。受付はまだ混んでいるし、先に待合席で話してもいいか？」

「はい」

一瞬寂しそうに目を細めたロイさん、いう通りに待合席に戻って会話をする。

「馬車で行くって言ってたけど、準備とかもう終わったのか？」

「はい、準備万端です。食料と寝具があれば馬車の旅ができるそうです」

「もっと色々いるんじゃないかって思ってたけど、案外身軽でいけるもんだな」

「マジックバッグがあるから身軽でいけるのはいいですね。食事が昼食しかでないから、朝と夜の分が必要なら自分で用意しないといけないんですよ」

「食事の問題もあるのか。馬車の旅も楽じゃないな」

馬車の旅で必要なことを話すとロイさんはそんな感想を言った。必要なものはあるけど、それさえ用意できれば馬車の旅も簡単にいける。問題は馬車の中での過ごし方なんだけど、景色を楽しむくらいしか時間を潰せない。

「馬車っていうからにはずっと座っているんだろ？　結構大変そうだな」

「そうなんですよね、ずっと座っているのが大変だと思います。以前の馬車の旅は外を出歩けましたから良かったですけど、今回はどうなるか分かりません」

「自分の足で歩いて他の町に行くのも難しいしな。その辺りは我慢しないといけないな」

一人で他の町に行くよりは大勢で町に行ったほうが安全だろう。しかも、その馬車には護衛もついているから危険度はグッと下がる。お金はかかっちゃうけど、馬車にしといて良かった。

「新しい町に行くんだから色々と気をつけていけよ。大きな町だから色んな人がいるわけだし、変な連中もいるかもしれない」

「そこが不安ですよね。知っている人もいないから全部自分の力でやっていかないといけないですし、困ったことがあっても気軽に助けを求められませんしね」

「リルはまだ子供にしか見られないから心配だな。いいか、やたら無暗に誰かに優しくなんてするなよ。警戒心を持って接するんだぞ」

「気を付けますね」

「本当に大丈夫か？　なんだか心配だな」

すごく心配してくれて嬉しい。警戒心を持ってか、それくらい注意しないといけない場所だったら大変そうだ。

「まぁ、リルのことだからしっかりしているとは思うんだけどな。そうだ、見送りをさせてくれ」

「いいんですか？　嬉しいです」

「おう、じゃあな。また明日」

「また明日」

席を立ったロイさんは爽やかな笑顔を浮かべて手を振って数が減った列へと並んだ。私も手を振ってロイさんと別れ、冒険者ギルドの出入口へと向かう。

町で夕食をとって集落へと戻ってきた。集落へ辿り着くころには日が落ちた頃で辺りは薄暗くなっていた。それでもまだ人は起きているのかあちらこちらから話し声が聞こえてくる。

その中を歩いて進み、自分の家まで辿り着いた。強い風が吹けば壊れてしまいそうな掘っ立て小屋。その中に入ると自分の着替えが干してあり、地面むき出しの床が見える。隣の部屋を見てみるとベッド替わりの枯草の上にシーツを敷いただけの場所とゴザがあった。

これが自分の家、明日になればお別れになる家だ。前世を思い出した時からこんな家に住むなんて嫌だと思っていたが、いざ別れるとなると寂しいものがある。住めば都、とは言わないけれどそれなりに愛着を持ってしまった。

辛い思い出もあったけど、もう過去のものになる。これから前を向いて歩いていくから、辛い思い出はここに置いていこう。新しい自分になってこの家を出て行くんだ。

新しい日々の始まりに楽しみな気持ちと少しだけの寂しさを感じずにはいられなかった。

◇

71　出発

今日、集落を出る。いつも通りに起きて、ゴザの上で冒険者の服に着替えて装備も整える。靴を履くと、ゴザを丸めて家の壁で立てかける。今度はベッドのシーツを手に取り、ホコリを払ってから洗濯紐にかけた。これらは自分で買った物だけど、これから必要のないものだからここに置いていこうと思う。

ぐるりと掘っ立て小屋を見渡して忘れ物がないか確認する。必要な物はマジックバッグに入れたし、剣も腰に下げている、マジックバッグは背負っている。これで十分だ。

もうここには戻ってこないかもしれない。色んな事があったけど、どんな場所でも住み慣れたところを離れるのは寂しいな。悲しい事の方が多かったような気がするけど、そんな記憶もどこかへ消え去ってしまった。

ゆっくりと掘っ立て小屋を出て、振り返る。最後に自分がいた場所を目に焼き付けて、お辞儀をした。こんなボロい家だけど、確かに私の居場所だった。今まで私を守ってくれてありがとう。今度は違う人を迎えてあげてね。

そう心の中で呟くと広場に向かって歩き出した。しばらく歩いていくと、他の難民たちと合流しつつ広場に辿り着く。広場ではすでに配給は始まっており、スープのいい匂いが辺りに漂っている。

「おはようございます」

「おはよう、リルちゃん。手伝いはいいから先にお食べ」

「ありがとうございます」

最後にお手伝いできなかったな。ちょっと寂しいかも。でも、言葉に甘えさせてもらおう。列の最後へ並んで自分の順番を待つ。待っている間、難民とおしゃべりをしていると、自分の番がきた。

「はい、リルちゃん。しっかりお食べ」

「ありがとうございます」

お椀と芋を受け取って、鍋の前を離れる。女性たちが集まっているところへ行って座ると、あからさまにみんなの視線が集まってきた。みんな、今日私がいなくなることを知っている。

こうして一緒にご飯を食べるのも今日で最後になるな。いつも輪に入れてくれた女性たちには感謝している。おかげで孤独を感じることはなかったし、寂しい気持ちを感じることもなかった。

「これが最後の配給になるのね。寂しくなるわね」

「こら、これから旅立つリルちゃんを寂しがらせないの！」

「最後だけど楽しく食べましょう」

最後だよね、気になっちゃうよね、私も気になっちゃうよ。寂しそうにしてくれる人、気遣ってくれる人、楽しそうにお話してくれる人、みんな大好き。

食事をしながらいつも通り会話を楽しんでいく。昨日あったことを話すと頷いて聞いてくれたり、質問が返ってきたりする。話していると寂しい気持ちが少しずつ薄れていって、会話を楽しめた。

みんな、気を遣ってくれてありがとう。

そんな楽しい食事の時間も終わり、後片付けの時間になった。自分で使った食器に水をかけて手で洗う。洗い終わったら所定のカゴの中に入れておく、使った鍋は他の女性たちの手で綺麗に洗われていた。

全ての洗い物を洗い終えると今度は移動が始まる。一人が動き出せば他の人も動き出す、町へ向けての難民たちが移動をする。私はみんなの最後尾についていく。先に行くみんなの姿を見ていると、寂しい気持ちが溢れてきた。

そんな私の前に女性たちが現れて導いてくれる。

「リルちゃん、途中まで一緒にいこうか」

「はい！」

大勢の人に囲まれながら私は移動をした。歩いている時も会話が途切れることはなく、楽しい時間が続いている。お陰で悲しんでいる暇がないくらいだ。色んな人に話しかけながらとうとう町の門まで辿り着いた。

「リルちゃんはこれからどこにいくんだい？」

「このまま北の門まで行くことになります」

「そうか、なら冒険者ギルドでお別れになるね」

大門から冒険者ギルドに向かって歩いていく。その途中でも色んな人に話しかけられて、返答に大忙しだ。普段は中々話さない人も話しかけてくるから驚いちゃった。でも、私のことを知ってくれて嬉しいと思う。

そうやって進んでいくと、見慣れた建物が見えてきた、冒険者ギルドだ。みんなで冒険者ギルドの前に移動をして立ち止まった。誰も中に入らないで、私をじっと見ている。

ここでお別れだ。いつも通りここまで来たけど、ここからはいつも通りではない。

「あの、みなさん……いつも良くしてくれて本当にありがとうございました。一人きりだったのに、沢山の家族ができたみたいで本当に嬉しかったです」

親に見放された私を見守ってくれたみんなには感謝しかない。その感謝を伝えたいけど、こんな言葉だけじゃ言いたいことは全部言えなかった。それでも、少しでもこの気持ちが伝わってほしくて言葉を紡いでいく。

「沢山お話してくれたり、食事の時に一緒にいてくれたり、町まで一緒に移動してくれたり……全てが私の原動力になりました。少しでもみんなの恩返しができていたらいいんですけど」

「恩返しなんて気にしなくてもいいよ。リルはそれ以上のものを私たちにくれたんだからね」

「リルの頑張っている姿を見て、こっちも負けていられないって思ったんだ。こっちこそ原動力になったんだよ」

そんな、私の頑張っている姿がみんなの原動力になっていただなんて恥ずかしい……でも嬉しい。

みんなの顔を見ると笑顔でいてくれて、胸の奥が熱くなった。

難民という恵まれない境遇にいたのに、今はそんな思いはない。他の人に比べたら恵まれない環境だったかもしれないけれど、全てが恵まれていないわけじゃなかった。私は難民という仲間に支えられていたことを実感する。

「本当にありがとうございました。もし、また戻ってきた時は変わらずにお話ししてくれますか？」

「もちろんだよ」

「当たり前さ」

その言葉だけでも前へ進む力になる。みんなと生活した思い出を糧にして私は集落を出るんだ。

寂しさで胸が押しつぶされそうだけど、前へ進む足のほうが先に動き出しそう。もう立ち止まっている私じゃない。

「いってきます」

「いってらっしゃい」

「リルちゃん、頑張ってね」

「リルならできるぞ！」

最後にみんなの笑顔を心に焼き付けて、私は後ろを向いて歩いていく。後ろからみんなの声が聞こえてきて、私は振り返って手を振った。

「みんな、ありがとー！」

すると、難民のみんなは声を上げて手を振ってくれた。少しずつ離れていく、少しずつみんなの姿が小さくなっていく、少しずつ声が遠くになっていく。勇気を出して振った手を下ろして前を向いた。

そして、みんなに背を向けて前へと歩きだす。寂しい気持ちがじわじわと胸の中に広がって、鼻の奥がツンとする。それでも私は前へ進むために足を動かしていった。いつかは来る別れの時が今来ただけだ、そうやって自分を励ましていく。

寂しさから意識を逸らそうと見慣れた景色を見始める。歩き慣れた大通りは朝早いから人通りが少ない。これがもう少し時間が経てば大勢の人で賑わうことになるだろう。あの騒々しさは楽しい気分にしてくれて好きだったな。

北門に進みながら今までの思い出を振り返る。

初めて受けたごみ回収のクエスト。緊張しながら受付のお姉さんとお話して、このクエストを受けることを決めたっけ。それからドキドキしながら待っていた時にカルーと出会ったんだ。話しかけられてビックリしたな。

それからカルーに連れられて町の中を歩いた。初めて見る町は驚くことが沢山あって、新鮮な気持ちだった。この道もどれだけ歩いたことだろう、懐かしさで胸が温かくなった。

思い出に浸りながら歩いていくと遠くに北門が見えてきた。扉はもう開けられており、その周辺を見渡すが馬車は停まっていなかった。どうやら早く着き過ぎたみたいだ。これならもう少しみんなといられたかもしれない。

北門の壁まで近寄ると、背を預けてボーッとする。いつ馬車が来るか分からないから待っていないといけないのだが、時間があるならもうちょっとみんなといたかったな。

そのまま待っているとこちらに近づいてくる二人の男の人が見えた。背中には大きな荷物を背負って話しながら歩いている。その男性たちは北門に近づくと、荷物を下ろしてまたおしゃべりをした。

もしかして、馬車に乗る人なのかな？　ここで立ち止まるってことはそういうことだよね。今回の旅には一体どれだけの人が乗ってくるんだろう。月に二回しか運行していないっていうし、結構な人が乗ってくるんだろうか。

すると、今度は冒険者風の男女がこちらに向かって歩いているのが見えた。こちらは大きな荷物もなく、装備を整えて武器をぶら下げただけだ。きっとマジックバッグを持っているのだろう。

その冒険者風の男女は北門に近づくとその場で立ち止まった。どうやら、冒険に出る人じゃなくて馬車に乗る人らしい。私と同じでコーバスで冒険者稼業をする人たちなのかな。なんだか親近感が湧いてきちゃった。

次は何が現れるんだろうか？　大通りを眺めていると、遠くから誰かが走ってくるのが見えた。目を凝らしてよく見てみると、それはロイさんだった。

「おーい、リルー」

手を振って近づいてきたロイさんは私の前に立ち止まった。

「良かった、間に合ったな」

「見送りありがとうございます」

「いいってことよ。馬車が来てないってことはまだ時間があるんだな」

「そうだと思いますが……あ、馬車が来ましたよ」

遠くから大きなものが近づいてきているのが見えた。馬車だ。

その馬車はどんどん北門に近づいていき、私たちの前を通り過ぎる。馬車は全部で三台、それと騎乗した冒険者が二人いた。チラッと馬車の中を覗いてみると、一台の馬車の中に冒険者らしき人たちが複数乗っていた。きっとこの人たちが護衛なのだろう。

ということは、残りの二台が乗客が乗る馬車かな。馬車は北門を通り過ぎたところで止まった。すると、この場で待っていた人たちが馬車に向かって歩き出す。私もそれに続いて歩き出そうとした時だ。

「リル！」

聞きなれた声がして振り返ってみると、そこにはカルーがいた。

「ふぅ、間に合ってよかったわ」

「カルー、来てくれてありがとうございます」

「見送りだもの、当り前よ」

カルーは腰に手を当てて胸を張った。その様子がおかしくてちょっと笑ってしまった。

「コーバス行きの馬車です。乗られる方は木札を出してください」

その時、声が聞こえて振り向いた。御者の人が下りてきて確認をしているみたいだった。

私はポケットに入れていた木札を取り出して、御者の前に並ぶ。他の人が木札を手渡して確認されると、すんなりと馬車へと案内される。前の人の様子を見ながら待っていると自分の番が来た。

「木札です、お願いします」

「はい、ありがとうございます。もしかして、一人で乗るのかい？」

「は、はい。大丈夫でしょうか？」

「大丈夫だよ。ただ一人で乗る子供が珍しかったからね。えーっと君はあっちの馬車に乗ってね」

やっぱり子供が一人で乗るのが珍しいのか呼び止められてしまった。でも、問題なく通されて安心した。他の二組とは別の馬車に案内されて、その馬車に近づく、案内された馬車は幌馬車だ。

天井の幕は少し上げられていて、天井の幕、吹き抜け、馬車の土台という姿をしていた。これだと吹き抜けのところから外が眺められるから景色が楽しめそうだ。

「この馬車に乗っていくんだな、結構大きな馬車みたいだ」

「この馬車に数日間乗ってコーバスに行くのね。大変そうな旅になりそうね」

「はい。初めてなので心配ですが、きっとなんとかなりますよね」

この馬車に乗ればコーバスに行ける、と同時に難民としての自分とのお別れだ。自分の家で町に住むという目標はまだ達成できそうにはないが、難民脱却はできそう。長かった難民生活ともお別れか。

生活が大変だった難民生活だったが、これからは冒険者生活になる。難民の時と比べれば楽になる部分もあるけど、他の部分で苦労することになるだろう。結局は冒険者生活も楽じゃないってことだ。

新しい一歩を目の前にちょっとだけ躊躇した。これから始まる冒険者生活に対して期待もあれば不安もある、私は生活していけるんだろうか？

漠然とした不安が膨れてきて、住み慣れた町に戻りたくなる。それでもちょっとした期待はあって、新しい生活に少しだけ希望を見てもいた。二つの感情が私の中でぐるぐると混ざり合う。

「ちょっと、どうしたのよ。不安そうな顔をして」

「えへへ、少し不安になっちゃいました」

「あのリルが不安？　珍しいこともあるもんだな」

「町を離れるんだもの不安にもなるわよ。大丈夫？　もし、無理そうなら日にちをずらすことだってできるのよ」

「そうそう、止めることだってできるんだ。無理はするなよ」

二人の優しさが身に染みる。本当にダメなら止めればいいけれど、私は大丈夫だ。一度深呼吸をして心を落ち着かせると、二人を見つめた。

「大丈夫です。二人ともありがとうございます」

もう決めた事だから戻らない。心の中で強くそう思うと、二人の手を握った。

「見送り本当にありがとうございます。実は一人で行くのは心細かったので、二人が来てくれて勇気を貰いました」

「俺もリルの行動には勇気を与えられっぱなしだった。俺こそ感謝をしたいくらいだ。俺と冒険をしてくれてありがとな」

「私こそ、リルと出会えたことでいいことが沢山あったわ。私と出会ってくれてありがとう」

二人には感謝してもしきれない。カルーには町に初めてきた時から世話を焼いてくれて本当に助かった。

ロイさんとは冒険で一緒に戦ってくれて、知らないことを色々と教えてくれた。二人のお陰で今の私がいる。

心細かった私を二人が支えてくれた。何もなかった私に力を与えてくれた存在だ。出会いを怖がらなくて本当に良かったと思った。

「そうそう。リルに渡したいものがあるの。はい、これ」

ごそごそとポケットから出したものはハンカチだった。

「ここに刺繍がしてあるのよ」

「カルーって刺繍ができたんですね、すごいです」

「まぁ、素人の腕だけどなんとか頑張ってみたわ」

ハンカチを受け取り広げてみると、端に花柄の刺繍が施されていた。よく見ると、その端にはメッセージが縫い付けられている。

「リルならできる、頑張れ」

「ちょっとでも落ち込むことがあったらこれを見て頑張ってもらえたらいいなーって思ったのよ」

「カルー……ありがとうございます！　大切にしますね」

プレゼントだ嬉しい！　ギュッとハンカチを握ると笑顔でお礼を言う。カルーはちょっと照れ臭そうにしていた。

「そうしてもらえると作ったかいがあるわ。コーバスに行っても頑張りなさいよ、でも無理はしないでね」

「はい！」

「もし、ホルトに戻ってくることがあったら絶対に顔を出しなさいよ」

「もちろん、その時は絶対に来ますね」

本当にカルーにはいつも助けられてばかりいたな。困った時は助けてくれたり、率先して先に動いてくれたりした。コーバスに行ってもこんなにいい人と仕事ができればいいけど、難しそうだ。

「じゃあ、カルー……行ってきますね」

「いってらっしゃい。気を付けて行くんだよ」

カルーにお別れを言った後はロイさんに向き直った。

「俺は何も贈る物がなくてごめんな」

「ううん、大丈夫です。こうして見送りに来てくれただけでも嬉しいですから」

「なら、良かった。リルなら他の町に行っても持ち前のガッツできっとどうにかなると思う。自信持って行けよ」

ロイさんに励まされて、胸の奥が熱くなる。ロイさんとの冒険は一人でいるよりも楽しく充実した日々だった。その日々があったからこそ、その後の冒険も頑張ってこれたと思う。

「二人に出会えて本当に良かったです。それじゃあ、行ってきます」

私は繋がっていた手を放し、馬車に足をかけた。力を入れて体を押し上げると馬車の中に入る。馬車の後部席に座り、二人の姿を見下ろした。すると、御者台に御者の人が乗り込んだ。

「それではこれから出発します」

とうとう出発だ。鞭が鳴る音が聞こえると馬がいなないて馬車が揺れて動き出す。始めはゆっくりと動き出して振動は少ない。

少しずつ馬車は二人から離れていく。その姿を私はずっと眺めていた。

「リル、またな！」

「リル、行ってらっしゃい！」

二人が手を振って見送ってくれる。それだけで、胸の奥が温かくなっていっぱいになる。

「ロイさん、カルー！　行ってきます！」

私は二人に向かって大きく手を振った。だんだんと小さくなる二人を見ながら、コーバスへと思いを馳せる。

これから行く町はどんなところだろう。どんな人がいて、どんな出会いが待っているのか考えるだけで期待と不安が入り混じる。

離れていく北門を眺めて、ホルトの町に別れを告げる。もしかしたら戻ってくるかもしれないけど、今はお別れだ。

「さようなら、ホルト」

馬車はコーバスを目指して進んでいく。私の複雑な気持ちを乗せて進んでいった。

書き下ろし番外編1

旅立ったリルの気持ちを知りに行こう
～カルーとロイ～

tensei nanmin syojo ha
shiminken wo ZERO karamezashite
hatarakimasu!

リルを乗せた馬車が門から出ていく。その馬車を黙って見守るのはカルーとロイだった。

二人とも真剣な眼差しで馬車を見守り、その姿が見えなくなるまでその場で立っていた。しばらくは表情を変えなかった二人だが、次第にその表情が変わっていく。カルーの表情がくしゃりと歪み、そして俯いた。

「リル……」

その名を呼んだ声が震えていた。旅立つリルの足枷にはなりたくないと、気丈に振る舞っていたが、とうとう限界が来たみたいだ。肩を震わせて、しゃくり声を上げる。

その様子に隣にいたロイは驚いた表情をした。

「お、おい……大丈夫か？」

「ひっく……大丈夫じゃ、ないわよ。リルがいっちゃったんだもの、とても悲しくて寂しいわ」

「まぁ、そうだよな……」

一緒にいた期間は短いかもしれないが、それでも大切な友達だった。その友達が夢に向かって進もうとしているのに、それを止めることはできない。ただ、見守ってそっと背中を押すことしかできなかった。

でも、自分の気持ちはリルがいなくなって寂しいと感じている。自分も孤児院を飛び出して、外の世界に来たけど不安でいっぱいだった。けど、リルと一緒だから頑張れた。そんな心の支えがなくなってしまったのだ。喪失感は強い。

そんな正直なカルーの姿を見て、ロイは困ったように頭をかいた。こんな時、どんな言葉をかけていいのか分からないから困る。しばらく考えた後に、カルーの頭を優しく叩いた。

「まぁ、なんだ……悲しい気持ちは分かる。俺もそうだ。なんだか、先にいかれた気がしてよ。寂しいと感じたよ」

「リルはいつも先を見て進んでいたように思うわ。酷い境遇だったのに、めげたりしないでただ真っすぐに前を見ていたんだと思う」

「そう思うとリルって凄い奴だったよな。どんな境遇だったかなんて詳しくは知らないけれど、苦労したと思う。そこから這い上がってきて、ここまで来たんだ」

二人はリルの境遇のことは知っていたけれど、どれだけ過酷だったのかは想像上でしか分からない。本人はなんてことのない様子だったけれど、そこには自分たちの知らないリルがいたような気がした。

集落にいた頃のリルは一体、どんな感じだったのか、今更になって興味が湧いた。どんな人たちに囲まれて暮していたんだろう、どんなことをして生きてきたんだろう。その疑問は尽きない。でも、今知ろうとしたところで肝心のリルがいなくなってしまった。もう自分たちの知らないリルを知るのは難しい。それこそ、直接本人に聞きに行くことでもしなければ分からないことだ。でも、もうここにリルはいない。

「リルはどれだけ頑張って町にやってきたんだろうな。そこで頑張れたから、きっと町に来ることができたんだと思う」

「私たちに出会う前から、リルは頑張っていたのね。それが私たちの知らないリルだわ。そのリルが集落を出るだけじゃなくて、この町を出る決断をしたのよ。私たちはリルを知っているようで知らなかったわ」

「まさか、集落を出ていくだけじゃなくて、町を出ていく決断をするとは思わなかったよ。リルにはそれを考えるだけの根性があったんだな」

心のどこかでまだリルが町を出る決断をしただなんて信じられなかったのかもしれない。だから、その理由を作りたかった。自分が納得する材料が欲しかった。

「リルは元々町を出て行きたいとか言ってたか？」

「ううん、そんなこと聞いたことはなかったわ。聞いたのはほんの十数日前よ」

「そんな短期間で決断したっていうのかよ、すげーな」

その短い期間でリルに何があったから、決断できたんだろう。そう考えると、相当大きなことが起こったんだと二人は思った。簡単にはリルから事情は聞いていたが、もっと深いところを知りたくなった。

「このまま別れることはできると思う。けど、どうせならリルの強さの根本を知っておきたいと思う。それで自分が納得できればいいんだが……」

「どうするつもりなの？」

「リルのいた集落を見てみようと思うんだ。きっと、そこにリルの強さの意味があると思う」

「リルがいた集落ね……ねぇ、私も行っていいかしら？」

「もちろん、構わない。でも、予定とかないのか？」

「今日一日は自由にしていいって言われているから平気よ」

「そうか……なら、リルの集落に行ってみるか？」

「えぇ、そうしましょう。リルが過ごしていた集落を見てみたいわ」

二人はリルがいた集落に興味を持ち、一緒に行くことにした。ずっと見つめていた門の向こう側から視線を外し、二人はリルがいた西門の方へと歩きだした。

◇

西門に辿り着いた二人は近くにいた門兵に話しかけた。

「すいません、ここから難民の集落があるところまでどうやって行けばいいですか？」

「難民の集落か？　それだったら、地面がはげている部分があるだろ？　それを辿って行けば、集落につくよ」

「ありがとうございます」

門兵から話を聞いた二人が辺りを見渡すと、壁際に一つの露店があったことに気が付いた。

「あれは何かしら？」

「あぁ、あの人は難民に向けて商売をしている人だな。領主さまの権限で特別に難民向けに商売をしている人さ」

「どうしてそんなことをするんだ？」

「それは、難民が自立するためさ。森で得た物をそこで売り、町に入るためのお金を得るためさ。

ほら、町に入るだけでもお金はかかるだろう？」

「なるほど、そういうことか」

二人は難民の境遇が少しだけ分かった。ここで物を売ってお金が手に入るから、町に入ることができるということを。リルもここで物を売ってお金を得てから、町に入ってきたんだと分かった。

「リルはそんなことまでしていたのね」

「町に入れないことなんてあったんだな。ということは、町に入れなかった時はここでお金を稼いでいたことになるな」

「リルもそうやってお金を得ていたのね。町に入る前から色々と頑張っていたんじゃない。何にも話してくれなかったわ」

「まぁ、そこを話しても仕方ないだろう。自分の努力したことをそう簡単に言えるか？」

「確かに、言えないわね」

リルからどれだけ努力したかなんていう話は聞かなかった。こちらが聞かなかったこともあるけれど、本人がそのことを話したがらなかったせいでもある。町に入る前にどれだけ努力したかを話すきっかけがなかったのもあるだろう。

二人は門から離れると、その露店に近づいた。その露店には老婆が座っていて、二人に気づくと顔を上げる。

「おや、町の子かい。こんなところでどうしたんだい？」

「ちょっと、知りたいことがあって来たの。ここは難民の人たちが売買する場所だって聞いたんだけど」

「そうだよ、ここは難民相手に商売をする唯一の場所さ。町に入りたい難民たちはみんなここでお金を稼いでいくよ」

「ここにリルっていう子が通わなかった？　茶色い髪で、長さはこれくらい、背はこれくらいなんだが」

ロイがリルの特徴をいうと、老婆は分かったように何度も頷いた。

「あぁ、あの子だね。あの子の友達かい？」

「えぇ、そうなの。その子がどんなことをしたのか知りたくなってここまできたのよ」

「そうかい、そうかい。あの子は来た時からしっかりしていて頭のいい子だった。本人の気質なんだろうけど、他の難民の子の面倒を積極的に見てあげていたね」

「他の難民の子のことも？」

「あぁ、そうだよ。他の難民の子にお金の稼ぎ方を教えたり、薬草採取や狩りの仕方なんかも教えてたね。色んな子に色んなことを教えていた、優しい子だったよ」

二人は老婆の話を聞いて驚いた。過酷な環境だったというのに、他人の面倒まで見てあげていたとは知らなかった。本当なら自分のことで手一杯だったはずなのに、リルはあの生活の中で他の子の面倒も見てあげていたのだ。

「あの子が来て以来、ここを訪れる難民の数は目に見えて増えていたよ。子供もそうだが、大人の数も増えた。もしかしたら、集落であの子がそのように仕向けていたのかもしれないね。本当に大した子だよ」

「リルは集落の人にはお世話になりっぱなしだと言っていたのに、これじゃ真逆じゃない」

「そうだな、俺も集落の人にはお世話になっていたことは聞いていた。だが、今の話を聞くとそうじゃないことが分かった。なんていうか、お人よしというか面倒見がいいというか」

「それだけ集落の人には思い入れがあるということなのよ。リルにとってそれだけ集落の人が大切だったのね」

他の難民の面倒を見るほど余裕があったわけではないだろう。それなのにリルは積極的に関わってその人のために動いていた。それは生半可な気持ちでは絶対にできない。それだけ強い思いがあったのだろう。

改めて聞く知らなかったリルの事。二人は懐かしい気持ちになりながらも新鮮な感情を抱いた。きっと集落にいけば、また違ったリルを知ることができるかもしれない。二人は老婆に別れを告げると、集落を目指して歩き始めた。

◇

集落を目指して数十分、かなり歩いていくとようやく集落の姿が見えてきた。

「これがリルのいた集落」

「あまりいい状態とは言えないわね」

目にした光景に二人とも表情を暗くした。強風が吹けば倒れそうなほどに脆い掘っ立て小屋がいくつも並び、それは総じて小さく感じる。そこに本当に人がいるのか疑わしくなるくらいだ。

「こんな家にリルは住んでいたのね……」

「でも、リルからは家のことの愚痴なんて聞いたことがないぞ」

「本人はこんな家でも大丈夫だったのかしら。私なら嫌になっているところよ」

「俺だって嫌だよ。でも、リルは家に帰る時は全然嫌な様子じゃなかった。だったら、こんな場所でも大切な場所だったっていうことなのか？」

「こんな場所でもリルが帰りたくなる場所だったのね。それがこの集落なんだわ」

いつ壊れるか分からない掘っ立て小屋にずっと寝泊りするのは辛かっただろう。でも、本人はそんな素振りは一切見せずに過ごしていたし、帰っていた。自分の居場所が酷くても、ここが帰りたくなる場所だったのには違いない。それだけこの場所がリルにとって魅力的だったのだろう。

集落を見渡しながら歩いていくと、子供たちの声が聞こえてきた。話を聞くには丁度いいかもしれない、二人は顔を見合わせて頷くと声が聞こえた方向に歩いていく。

しばらく歩いていくと、広場で十人以上の子供たちが遊んでいた。見たことのない遊びで二人は目を丸くして見入ってしまう。しばらく見入っていると、子供たちを見守っていた大人が二人の存在に気づいた。

「あの、ここに何か用ですか？」

その女性は二人に近づいて話しかけた。それにハッと我に返ると、二人はようやく口を開いた。

「わたしたち、この集落にいたリルという子の友達なの」

「まぁ！　あのリルちゃんの町の友達なの？」

「俺はリルとは冒険者仲間だぜ」

「まぁまぁ、そうなの。ようこそ、ここはリルちゃんが住んでいた難民が住む集落よ、いらっしゃい」

その女性はリルの話を聞くと、途端に表情を明るくして受け答えをしてくれた。どうやら、ここでのリルという名には物凄い力があることを実感した。警戒心があった女性を一発で親身に変わらせたのだから、リルの名前は強い。

「リルちゃん、とうとう今日集落を出ていってしまったの」

「そうよね。私たちもリルを見送ってきたところだったの」

「あら、そうなの？　リルちゃん、無事に出発できた？」

「何も問題なく、町から旅立っていったぞ」

「そうなの、無事に出発できて本当に良かったわ」

女性は話を聞いてとても安心したように胸を撫でおろした。その姿を見てこの女性にとってもリルは大きな存在だと思わせられた。

「それで、あなたたちはどうしてこんな場所まで来たの？」

「旅立ったリルのことをもっと知りたくてここに来たの。ここに来たら、私たちの知らないリルが知れるんじゃないかって」

「リルを集落や町から出ようと思ったきっかけを少しでも知りたかったんだ。リルの原動力みたいなものがここにあるんじゃないかって思ってね」

「そうだったのね。いなくなってもリルちゃんのことを思ってくれるなんて、あの子は人を惹きつける何かがあるのは間違いないわね。まぁ、私もその内の一人なんだけどね」

リルのことを思い出して、女性はくすくすと楽しそうに笑った。

「そうね、私から言えることはそんなに多くないけれど、リルちゃんは誰よりも集落の人のことを思っていたわ」

「露店のおばあさんから聞きました。リルは難民の人の自立の手助けをしているって」

「そうなのよ、この集落にはね住む場所を追われた人が行きつく場所。みんな居場所を無くして落ち込んでいるの。自分の足では進めなくなってしまうほどにね」

「まさかとは思うが、リルはそこから手助けをしているのか？」

「そうなの、時間さえあれば気落ちしている人たちのところに行って励ましていたわ。そして、難民脱却のために色んな事を教えてあげていたわね。私もリルちゃんのお陰で働くようになったわ。今日は休みだったから、子供たちの面倒を見てあげているけれどね」

リルが他の難民たちを思い、励まし、難民脱却のために動いていたなんて知らなかった。でも、そんな話を聞いてもリルならやりかねない、という考えも浮かんでくる。リルはそういう子だ。

「リルちゃんは時間があれば、集落の人たちのために動いたわ。この子供たちにだって珍しい遊びを教えてね、子供たちは楽しそうに遊んでくれているのよ。お陰で助かっているわ」

「この見慣れない遊びもリルが教えたのね。リルは本当に色んなことを知っているわ」

「話を聞いていると、リルは誰よりも集落の人のために動いていたのが分かるな。大人だけでなく子供のことも思って……」

「その集落の人のことを思っているのは分かったわね。そんな集落の人がなんとか命を繋げていけたのは、領主さまの施しのお陰なの。それがなかったら、みんな生きていないと思うわ」

リルが大切に思っていた集落の人がなんとか生きていられるのは領主さまのお陰。それを聞いて、リルがどう感じていたのが想像する。

自分のお世話になった集落の人たちは、領主さまのお陰でなんとか生きながらえることができたのは言うまでもない。もし、自分の大切な人が他の誰かのお陰で助けられたと思ったら、どう感じるだろう。自然にその人に感謝をしたくなるだろう。

リルは少しでも領主さまの力になりたいと言っていた。それが自分の出来る唯一の恩返しだと。そこまでして恩返しなんて考えなくてもいいと思っていたが、集落の人のことを思うと気持ちが強くなる。

自分の大切な人たちをここまで支えてくれた領主さまに、並々ならない気持ちを抱くようになったのだ。それが、リルが町を出て領主さまのいる町に行くきっかけとなった思いだ。リルは集落の人の気持ちを背負って、町を出ていったのかもしれない。

改めて気づかされたリルの大きな気持ち。それを知ると、リルが領主さまの町に行った理由に納得ができた。自分を支えてくれた人たちを支えた領主さまのためにできることをしたい、その気持ちが。

「リルは集落の人のことを思っていたからこそ、町を出る決心ができたのね。同時に自分がやりたいことができたと思うくらいに」

「そこまで気にする必要はないと思っていたんだが、リルの気持ちを知ると遠くで感謝をするだけじゃ足りなかったのかもな。自分にできることがないかもしれないのに、いてもたってもいられなくなったんだ」

リルの気持ちを知って、二人とも納得はできた。寂しい気持ちは変わらないが、少しでもリルを理解できたことが嬉しかった。それをもっと早く知っていれば、と思うことはあるが今言っても仕方がない。

「そんなリルちゃんの気持ちを第一にして送り出してくれて、本当にありがとう。きっとリルちゃんは気持ち良く旅立てたと思うわ」

「そうだったら、良いわね。良かった、リルの足かせにならなくて」

「俺も見送ることができて良かったと思う。リルは真っすぐ前を進んでいけるんだな」

今は離れてしまったリルのことを思う。どうか、気にせずに前へ進んでほしい。リルが思うように行動をしてほしいと。

◇

集落を出た二人は町へと戻っていく。二人とも清々しい顔つきになり、その顔にはリルと別れた寂しさなんていうものはない。リルと別れてから知ったことが二人の気持ちを前向きにしてくれた。

「俺、いつかコーバスに行くよ。今はまだこの町から出ていけないけれど、その内気持ちが固まったら外の世界に行くんだ」

「いいわね、それ。私もリルに会うために頑張ってみようかしら。リルを知ったら、なんだか黙っていられなくなっちゃったわ」

「ということは、お前もコーバスに行くのか？」

「そうしたいと思っているわね。今はあんたと同じで無理かもしれないけれど、いつかリルに会うためにコーバスに行くのもいいんじゃないかって思っているわ」

リルを知り、二人の気持ちに変化が訪れた。ロイはいつかこの町の外へ、リルがいるコーバスに行く。カルーはリルに会いにコーバスに行く。リルと別れた時には知らなかった気持ちが芽生え始めていた。

「なんだか、清々しい気持ちだな。前向きになるってこんなに気持ちのいいことだったんだな」

「えぇ、リルもこの気持ちで出ていったんでしょうね。あの時、気持ちを我慢して良かったわ」

リルと別れたというのに、気持ちが晴れ晴れとしている。それはきっと、自分たちも進むべき道が見えたからだ。それを思うと、どこまでも強い気持ちになれる。きっと行こう、コーバスに。リルに会いに行こう。

二人は強い気持ちを持ったまま、町へと戻っていった。いつもの日常は続くけど、もういつもの日常ではない。それぞれが歩むべき道をしっかりと踏みしめることができる日々のはじまりだ。

書き下ろし番外編2

受付のお姉さんはリルが心配
～ギルドの受付のお姉さん～

tensei nanmin syojo ha
shiminken wo ZERO karamezashite
hatarakimasu!

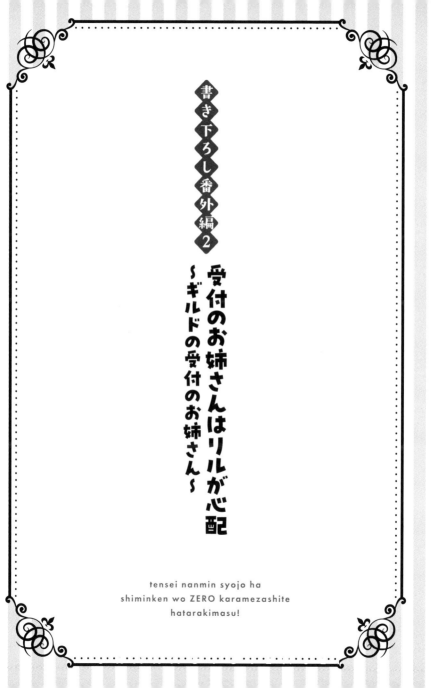

冒険者ギルドの朝の忙しい時間が過ぎて、暇な昼の時間がやってきた。冒険者はいなくても書類仕事はあるので、仕事が詰まらない程度に書類をさばいていく。それでもふと時間があまり、手が止まることがあった。そういう時は隣にいる受付の人とお喋りにもなる。

「ふぅ……」

「あら、どうしたの？　ため息なんてついちゃって。もしかして、気になる冒険者でもできた？」

「気になる冒険者はいるんだけどね」

「何々、どんなタイプの冒険者？　正直に言ってみなさいよ」

隣にいた受付嬢は目を輝かせながら、話を待った。

「リルちゃんっていう冒険者なんだけど、最近元気がないなーって思って」

「男の冒険者じゃないんだ。なんだつまんない。リルちゃんっていつもあなたが相手をしている子供の冒険者よね？」

「うん、そうなんだけど。いつもは明るい笑顔で対応してくれて礼儀正しい子なんだけど、最近はちょっと陰ってきたっていうか、雰囲気が落ち込んでいるように見えるの」

「ふーん、何かあったのかしらね。その子、相談できる人っているの？」

「うん……難民集落の子だから、相談できる大人は沢山いると思うの。それでも悩んでいるのよ、心配じゃない？」

「そうね、頼れる人がいるのにその調子じゃ困っちゃうわね」

受付のお姉さんは最近リルに元気がないことを見抜いていた。あの元気でハキハキとしたリルはいなくなって、ちょっと控えめな対応になって残念だと思っている。

「私が相談に乗ってあげてもいいんだけど、なんて言ったらいいのか分からないのよね。はぁー、どう声をかけたらいいんだろう」

「そうね、こっちから無暗に話しかけられないしね。困った問題だわ」

「一体どうしちゃったんだろう。聞きたいのに聞き出せない。じれったいわ」

いつも見守ってきた側として、どうにか力になってあげたい。だけど、一人の冒険者に入れ込み過ぎるのは良くない。分かっているんだけど、気持ちが落ち着かなくて嫌な感じだ。

隣にいた受付嬢は宥めてくれるが、そんなんじゃ足りなかった。いっそ、仕事を早く切り上げて相談に乗るという手もある。でも、そこまでしたらリルは引いてしまうんじゃないかと、堂々巡りになっていた。

そんな時、男性の職員の人が近づいてきた。

「リルさんとやり取りをしているのは君かな？」

「はい、私ですが……どうしたんですか？」

「リルさんにお願いしたいクエストが出たんだ。今度、リルさんが来た時に説明とクエストの紹介をしてくれないか？」

「オススメのクエストですね、分かりました。書類を預かります」

男性職員は依頼されたクエスト用紙をお姉さんに渡すとその場を立ち去った。

「クエストを指名されるくらいに凄い冒険者なんだね。で、どんなクエストなの？」

「えーっと……商会の護衛と商売の手伝いね」

「それって難しいクエストじゃない？　外のクエストと内のクエストを同時に受けるようなものよ」

「難しいクエストだわ。でも、リルちゃんにとっては大丈夫なクエストだと思うの。外のクエストも内のクエストも受けているから」

「へー、変わった冒険者ね。本来ならどっちかに傾いてもおかしくないのに。いや、そうなるはずなのに」

「両方ともクエストを頑張っている子なの。だから、見守ってあげたくなるのかもね」

まだ子供だというのに大人顔負けな仕事をして、どれも高評価を得ている。中々いない逸材で指名依頼も来るくらいだから、子供ながらにリルは凄い冒険者だ。

「でも、今クエストを薦めて大丈夫かしら？　悩んでいる時にクエストを薦めたら、失敗しちゃうんじゃ」

「それなりにクエストをこなしてきた子でしょ？　今だって色んなクエストをこなしているんなら、問題ないと思うわよ」

「そうかしら？」

「そうよ。折角の機会なんだから、話すだけ話してみなさい。できるかできないかは本人が決めるべきよ」

受付嬢の話を聞いて、お姉さんは考えた。今だって色んなクエストを受けているし、失敗したという話は聞いたことがない。仕事はミスなくこなしているのだから、問題ないかもしれない。

「そうよね、冒険者にとっては大切な仕事だし、リルちゃんに薦めてみるわ」

「その調子よ。早くリルちゃんが元気になると良いわね」

「えぇ、そうだと良いわね」

◇

その数日後、リルと話す機会がやってきた。

「ねぇ、リルちゃんが来ているわ。この間のクエストの説明お願いね」

「はい、分かりました」

とうとう、リルに説明する日がやってきた。受付の仕事から一度離れると、待合席のところへと行く。すると、そこには不安そうな表情をしたリルが待っていた。まだ何かを引きずっているみたいで、心配が膨らむ。

でも、今はそのことを心配する暇はない。リルに舞い込んできたクエストの紹介をしなくてはいけない。気をしっかりと持って、リルに話しかけた。

リルに話しかけると、いつも通りに対応してくれる。この時ばかりは不安そうな姿ではなくて、普通の冒険者に見えるから安心する。その調子でクエストの説明をすると、少し考えた素振りを見せた後にリルはクエストを受けてくれた。

何かを悩んでいるような雰囲気は少ししかなかったけど、それはクエストのことを考えていたからだ。ということは、クエストをやっている間は悩みから解放されるのかな？　そしたら、クエストを紹介して良かったかもしれない。

話し合いが終わり、その場を離れようとした時にはいつも通りのリルの表情に戻っていた。それを見て安心してしまう。どうか、このクエストが成功しますように。そう思ってその場を離れた。

◇

リルがクエストを受けて数日が経った。きっと今頃商会の人と町を出て村を目指しているところだろう。商会の人は優しそうな人だったし、クエスト中は良い感じに過ごせると思う。

それでも、やっぱり元気がなかったリルを思うと心配する気持ちが膨らんでいく。きっと初めての馬車の旅だろうから、大変な思いをしなかったらいいな。そんなことを思いながらお姉さんは今日も冒険者ギルドの仕事をしていた。

「今日はどういった用件ですか？」

「ある人と連絡が取りたいんだ」

「分かりました。その人の名前を教えてください」

「リルっていう子なんだけど……」

その名を聞いて、ハッと顔を上げる。そこには、以前リルと一緒にパーティーを組んでいたロイがいた。

「ん、どうしたんだ？」

「いえ……えーっと、リル様は今この町にはいないんです」

「どういうことだ？」

「行商の護衛のクエストを薦めましたら受けられて、町を出られました」

「そうなのか？　うーん、大丈夫かな？」

町にいないことを聞いたロイは不安そうな顔をして腕組をした。その態度はどういう意味なんだろう？　興味が沸いたお姉さんはロイに問いかけてみる。

「何か都合の悪いことでもあるのですか？」

「そうなんだよ。最近のリルってどこかおかしかったから、そんな状態で町の外に行くクエストを受けて大丈夫かなって思って」

「そうですよね、最近のリル様は以前とは違う様子です。見ているこっちが心配になってしまうくらいに」

まさか、ここで意見が合う人が現れるとは思わなかった。やっぱり、リルが不調なのは間違いない。他の人がそう言うのなら、リルの不調は重症のように思える。

「ある日を境にしてリル様から覇気というものが薄れていったと思います。一体何がリル様をそうさせたのかは分かりませんが、見守っている側としても心配になってしまうんです」

「俺もそう思う。話しかけても気がそぞろになっているというか、何かを気にしている素振りなんだ。こっちが聞いてなんでもないって言うだけで、何に悩んでいるのか教えてくれないんだ」

「ロイ様でも話を聞けなかったんですね。私も話を聞きたかったのですが、そこまで踏み込んだ質問をしてもいいのか悩んでしまって、結局何も聞けずじまいなんです」

どうやら二人ともリルに事情を聞けないままでいたらしい。いつもとは違うリルを見て、変に遠慮してしまったからだろう。ここまで気になるのならば、聞いておけばよかったと二人は後悔した。

その時、ロイに疑問が浮かんだ。

「そんな調子の悪いリルにクエストを依頼したのか？　それは問題なんじゃないか？」

「私もはじめはそう思ったんですが、そうじゃないんですよ。リル様は不調の時も変わらずに色んなクエストを受けられていました。もしかしたら、クエストを受けることによってリル様にいい作用が働いていたのかもしれません」

「あー、なるほど。働いている時だったら、不調の原因に悩むことはなくなるからな。無理して受けたんじゃなくて、不調の原因から目を逸らしたくて受けたのかもな」

「それもあり得ますね。本当なら不調の原因を解決したほうがいいと思いますが、少しでもリル様の気が逸れて楽になってくれればいいんですが」

もしかしたらリルは不調の原因を考えなくてもすむように、クエストを受けていたのかもしれない。それだったら、いつも通りにクエストを受けていた理由になる。

「まぁ、リルだったら不調だとしてもしっかりとクエストをこなしてそうだしな。あんまり気にしなくてもいいかもしれないけど、一体何があったんだ？」

「そうですね、その原因が分かればいいのですが。まぁ、分かったとしても力になれないことだったら、と思うと辛いです」

「話してくれてありがとう。じゃあ、俺は行くよ」

「はい、いってらっしゃいませ」

不調の原因は気になるが、今この場にリルはいない。今は見守ることしかできないけれど、その内に元気になってくれればと二人は思った。

ロイはその場を後にすると、お姉さんは仕事に戻る。

◇

それからまた数日後、お姉さんはいつも通り仕事をしていた。今日も何事もなく仕事が進んでいると、それはやってきた。長期のクエストからリルが戻ってきたのだ。

『あら？　雰囲気が変わっているような』

こちらに歩いてくるリルの姿を見て、以前とは違う違和感を覚えた。それは悪いものではなくて、とても良いもの。不調そうなリルはそこにはいなかった。

それから、リルからクエスト完了の用紙を受け付けて処理をする。その時、リルの口から言われた言葉に驚いた。

「コーバスに行きたいと思っているんですが、どうやって行くか分かりますか？」

まさかリルからコーバスの名を聞くことになるなんて全然思わなかった。だから、思わず聞いてみる。

「リル様はコーバスに移られる予定なんですか？」

「一度行ってみようかなって思ってまして」

そう話してくれるリルの姿は自信に溢れていて、以前にも増して前向きな姿勢が良く映った。そこに不調で悩んでいたリルの姿はない。今回のクエストで不調の原因が解消されたんだろう。

一体何があったのか気になって話しかけそうになる、でも今は仕事中だ。不調の原因は分からないが、前向きになって良かった。もしかして、不調の原因はコーバスに行くことに関係していたのだろうか？

そこまで考えて、ハッと我に返った。

「そうですか、寂しくなりますね。……すいません、私語しちゃいましたね。コーバスに行くのには二つ方法があります」

思わず本音が零れてしまった。コーバスに行くのであれば、リルはここからいなくなるということだ。それを考えると寂しいという気持ちが湧き出してきた。いつも見守っていたリルがいなくなる、それだけで気持ちが沈んでしまう。

コーバスへと道を説明しながらもリルを観察する。やっぱり、不調の様子は見てとれない。原因が解消されて本当に良かった、やっぱりリルには明るい雰囲気が良く似合う、説明しながらそんなことを思っていた。

「後の詳しい話はお店の人に聞いてくださいね」

「はい、分かりました。色々と教えてくださってありがとうございます」

「お役に立てたなら良かったです。また何かありましたら何でもお聞きくださいね」

リルはいつもの調子で頭を下げると、カウンターから離れていってしまった。それを、いつも通りの対応で見送った。

『もしかしてリルちゃんはコーバスに行こうか悩んでいたのかしら？』

リルの様子と話の内容を合わせて考えてみると、そんな考えに辿り着く。リルがコーバスに行こうか悩んでいたなんて知らなかった。いや、本当は違う理由かもしれないけれど、今はそんなふうにしか考えられなかった。

『どうしてコーバスに行こうと思ったのかしらね。今回の行商クエストで町から出ることに興味が湧いたのかしら？』

リルがコーバスに行こうと思ったきっかけはなんだったのか、思い出してみる。リルはどこでコーバスの名を聞いたのか……記憶を探ってみると、ある日の話が思い浮かんできた。

『そうだ、難民集落のクエストの後に領主さまのことを聞いてきたわね。その時にコーバスの話をしたんだわ。ということは、本当にリルちゃんはコーバス行きのことで悩んでいたのかしら』

そういえば、様子がおかしくなったのはその後からだった。じゃあ、不調になったきっかけはコーバスに行こうか悩んでいたってこと？　今までの記憶を掘り起こして、納得のいく答えが出た。

『そっか、リルちゃんはコーバスに行こうか悩んでいたのね。そうよね、いきなり住み慣れた町を離れるのは不安だと思うし、色々考えちゃうものね。でも、今回の行商クエストの経験を経てコーバスに行こうって決めることができたのね』

詳しいことは分からないが、今回の行商クエストで何かのきっかけがあったんだと思う。そのお陰でリルは悩みを解消することができたし、次に進むことができた。ということは、行商クエストを紹介して成功だったとも言える。

『良かったわね、リルちゃん。自分のやりたいことが見つかって。リルちゃんが決めたのなら、仕方がないわ。私は応援するだけよ』

いなくなるのは寂しいけれど、リルのやりたいことが決まって安心した。ということは、後できることはリルが真っすぐに進めるように応援するだけだ。あと、何回ここに来るかは分からないけれど、来たら全力で力になってあげよう。そう心に決めた。

◇

それから、リルは何回か冒険者ギルドに顔を出した。その度に丁寧な対応をして、リルが困ることがないように力を尽くす。お陰で何も問題なく過ごすことができた。

今日もリルが顔を出してきたので、いつも通り対応をしようと思った。だけど、今日はちょっと様子が違う。

「えっと、実は明日この町を発つことになりまして、それで最後の挨拶をしたくてきました」

リルちゃんが最後の挨拶にやってきた。その話を聞いた他の職員たちもピクリと反応した。

「まぁ、わざわざありがとうございます。とうとう明日発たれるのですね、なんだか寂しくなっちゃいますね」

最後くらいは正直な気持ちを伝えてもいいだろう。そう思って、思っていたことを話した。

「今までありがとうございました。何も分からなかった時から優しく教えてくれて本当に助かりました」

「そう言っていただけて、仕事を褒められたようで嬉しいです。少しでも冒険者のお仕事の力添えができたのなら良かったです」

リルの話を聞いて、周りにいた手の空いた職員が集まってきた。みんな、リルのことを知っていて陰ながら応援してきた人たちだ。その集まってきた人たちに向かってリルはとびっきりの笑顔を見せる。

「みなさん、本当にありがとうございました。もしかしたら、また戻ってくるかもしれませんが、行ってきます」

「リル様、いってらっしゃいませ」

「いってらっしゃい」

「またなー」

リルが最後の挨拶をすると、職員一同はその挨拶に言葉を返した。みんな笑顔でリルを見送り、そしてリルも笑顔でみんなにお別れをする。職員一同が手を振って見送ると、リルは名残惜しそうにその場を去って行ってしまった。

「いっちゃったわ」

「いっちゃったわね」

「寂しくなるわ」

「そうね、寂しくなるわね」

みんな元の位置に戻っていくと、お姉さんは隣にいた受付嬢に話しかけた。

「でも、いなくなっても応援したい気持ちは変わらないわ」

「あんたも飽きないわね。まぁ、でも好きにしたらいいわ」

「えぇ、そうするわ。私はいつだってリルちゃんの味方よ」

冒険者ギルドから出ていくリルの後姿を見て、自然と言葉が溢れだす。

「頑張ってね、リルちゃん」

気持ちのこもった言葉はもう届かないけれど、願うのは自由だ。どうか、リルが違う町に行っても上手くやっていけますように。そう願わずにはいられなかった。

あとがき

「転生難民少女は市民権を0から目指して働きます！」三巻を手に取っていただき、本当にありがとうございました。作者の鳥助と言います。またこうして機会を頂けたこと、皆様とここで出会えたこと、本当に感謝をしています。一巻を発売してまだ一年も経っていないのに三巻まで出せたことに驚いています。これも応援してくださった読者様のお陰だと思っています、本当にありがとうございました。

今回の三巻なんですが、WEB版と大きく異なった部分があります。それは行商の旅にカルーがついてくることになったことです。

実はカルーが行商の旅についてくることになった訳は担当さんからの提案でありました。はじめは行商の旅に誰かを連れていきたいと話を持ちかけられました。その時、候補として上がったのはロイとカルーでした。

誰かを連れていくのはとても面白い提案だったので受けたのですが、問題は誰を連れていくのか？　ということでした。実ははじめはロイを連れていこうと考えました。ロイを連れて行って、道中でイベントを起こして話を膨らませて……という風に考えていました。だけど、なんかしっくり来なかったんですよね。

だからじゃないですが、カルーを連れていくことに決めました。担当さんもカルーのことを気に入ってくれているのも、カルーに決めた理由の一つではありました。

実は決めた時はどんな話の内容に加筆するか考えていなかったんです。決めてからどんな内容にするか考え始めました。確かその内容を考えていた時に、二巻の次回予告の案内を見せてもらったと思います。そこには楽しい旅という見出しがありました。だったら、見出しの通りに楽しい旅を書いたほうがいいのかな？　と考え始めました。

でも考え始めると、楽しい旅のイメージがあまり湧かなかったんですよね。行商の旅はどちらかというと、リルが悩みながらも自分の行く道を決めるような話だったので、楽しい旅の話が思い浮かびませんでした。

だったら、とことんリルに寄り添った話を書こうと思い、今回の話ができあがりました。思った以上にカルーがリルに寄り添った話になり、とても温かい話に仕上がったと思います。WEB版もいいのですが、個人的にカルーが登場する書籍版のほうが読んでいて温かい気持ちになるので好きです。

ちなみに表紙でカルーがリルと似たような服になったり、髪型を一緒にしたりしたのも担当さんのアイディアでした。お陰で表紙が華やかになったと思います。いつも良い提案をしてくださり、本当に助かっています。

「転生難民少女」に関わってくださったTOブックスの関係者の皆様、編集担当のH様、素敵なイラストを描いてくださったnyanya様、本当にありがとうございました。

本を購入してくださった皆様、ならびに小説投稿サイトの読者様、「転生難民少女」を読んでくださり厚くお礼を申し上げます。四巻で会えることを楽しみに待ってます。

巻末おまけ

リルの難民脱却への道

tensei nanmin syojo ha
shiminken wo ZERO karamezashite
hatarakimasu!

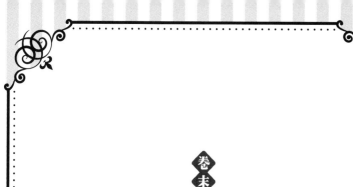

ステップ1 食料集め

きのこやお魚、難民集落の
お手伝いをしながら、
いっぱい食料を集めたよ！

ステップ2 草のベッド

朝から夕方まで一生懸命刈った
草を集めて、ベッドを作ったよ！
ふかふかで寝心地も最高！

ステップ3 お金稼ぎ

Bランク冒険者になれば、
町に住めるけど、冒険者ギルドに
登録するにはお金がいるんだ。
おばあさんが薬草や動物を
買い取ってくれたおかげで、
お金を稼げたよ！

ステップ4 冒険者ギルド

冒険者ギルドに登録して、
Fランクの冒険者になったよ!
わからないことだらけだったけど、
受付のお姉さんが丁寧に
教えてくれて、ホッとしたんだ～

ステップ5 初めてのお友だち

冒険者になって初めてのクエストはゴミの回収!
孤児院の女の子、カルーがいろいろ教えてくれたの。
お仕事のあとはおいしいごはん屋さんに
連れて行ってくれたよ!
こんなにおいしいごはんをおなかいっぱい
食べられたのは生まれて初めて!

ステップ6 図書室でお勉強

この世界でも読み書きが
できるように、司書のおじいさんに
教えてもらったの。3か月の特訓で、
読み書き計算のテストも一発合格！
受けられるクエストも増えたんだ〜

ステップ7 パン屋さんの売り子

パン屋さんの売り子のクエストをしたよ。
半年間、パン屋さんの売り子のクエストをしたよ。
読み書き計算ができるように
なったから受けられたクエストなの。
混む時間もあって大変だけど、楽しかったなあ。
最後の日にもらったチーズパン、
とっても美味しかったよ！

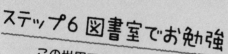

ステップ8 魔法の練習

Eランクの冒険者になって、
魔物の討伐クエストが
受けられるようになったよ。
でも、討伐クエストの前に
魔法を使えるように、
魔力感知から練習をはじめたの。
優しい魔法使いの
お姉さんが教えてくれたんだ。

ステップ9 パーティー討伐

Dランクの冒険者を目指して、少年冒険者のロイと
一緒にパーティー討伐をはじめたよ！
2人で協力した討伐は危ないこともあったけど、
あっという間にランクアップできたんだ！
成果もたくさん！

ステップ10　住み込みの給仕

久しぶりな町の中での
お仕事は住み込みの給仕！
一日三食おいしいごはんも食べられて、
ふかふかの寝床までついている
最高のお仕事だったなぁ〜

ステップ11　配達のお仕事

身体強化の魔法を使えば、重たい荷物でもへっちゃら！
荷車を引いて配達のお仕事は、
町のいろんなところに行けて、楽しかったんだ！

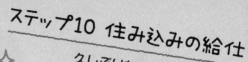

ステップ12 護衛

魔物の討伐にも慣れて、
いろんな人の
護衛クエストを受けたよ！
だれかを守るのって
大変だけど、とっても
やりがいのあるお仕事なんだ！

次のステップ……？

ホルトの町でのお仕事はここまで！
次はコーバスの町で難民脱却に向けてがんばるぞ！
たくさんの人に助けてもらったホルトの町は、
私にとってすごく大切な場所なの。
いつかまた帰ってくるね！

「どんなごはんがあるかな～!?」

コミカライズも楽しみにしていてね！

転生難民少女は市民権を0から目指して働きます！

鳥助 Torisuke illust. nyanya
2024年 第4巻 発売予定!!

次回予告
新しい町へ
いってきます!!
「また一緒に
ごはん食べようね!」
ホルトを出発したリルは、
領主様の住むコーバスへ到着!
慣れない新しい町でも冒険者として大活躍!?
異世界ののんびり冒険ファンタジー第4弾!

TOブックス
コミカライズ
連載最新話が
読める!!!!
「本好きの下剋上」をはじめとする
TVアニメ化作品盛りだくさん!!

漫画配信サイト
CORONA EX
コロナEX
TObooks
2nd Anniversary
詳しくはこちら!!
https://to-corona-ex.com/
2周年!!

転生難民少女は市民権を0から目指して働きます！3

2024年7月1日　第1刷発行

著　者　**鳥助**

発行者　**本田武市**

発行所　**TOブックス**

〒150-0002
東京都渋谷区渋谷三丁目1番1号　PMO渋谷Ⅱ　11階
TEL 0120-933-772（営業フリーダイヤル）
FAX 050-3156-0508

印刷・製本　中央精版印刷株式会社

ISBN978-4-86794-218-5

Printed in Japan